百科通识文库新近书目

古代亚述简史
澳大利亚概览
"垮掉派"简论
混沌理论
气候变化
当代小说
犯罪小说研究
地球系统科学
优生学简论
哈布斯堡帝国简史
好莱坞简史
莎士比亚喜剧简论
莎士比亚诗歌简论
莎士比亚悲剧简论
天气简话

百科通识文库

莎士比亚诗歌简论

［美］乔纳森·F.S.波斯特 著

牛云平 译

外语教学与研究出版社
北京

京权图字：01-2022-5657

© Jonathan F. S. Post 2017
Shakespeare's Sonnets and Poems: A Very Short Introduction, First Edition was originally published in English in 2017. This translation is published by arrangement with Oxford University Press. Foreign Language Teaching and Research Publishing Co., Ltd is solely responsible for this translation from the original work and Oxford University Press shall have no liability for any errors, omissions or inaccuracies or ambiguities in such translation or for any losses caused by reliance thereon.

图书在版编目（CIP）数据

莎士比亚诗歌简论 ／（美）乔纳森·F. S. 波斯特（Jonathan F. S. Post）著；牛云平译. —— 北京：外语教学与研究出版社，2023.1
（百科通识文库）
ISBN 978-7-5213-4213-0

I. ①莎… II. ①乔… ②牛… III. ①诗歌评论－英国－中世纪 IV. ①I561.072

中国版本图书馆 CIP 数据核字（2022）第 257806 号

出版人　王　芳
项目负责　姚　虹　周渝毅
责任编辑　都楠楠
责任校对　徐　宁
封面设计　泽　丹　覃一彪
版式设计　锋尚设计
出版发行　外语教学与研究出版社
社　　址　北京市西三环北路 19 号（100089）
网　　址　http://www.fltrp.com
印　　刷　三河市紫恒印装有限公司
开　　本　889×1194　1/32
印　　张　7.5
版　　次　2023 年 1 月第 1 版　2023 年 1 月第 1 次印刷
书　　号　ISBN 978-7-5213-4213-0
定　　价　30.00 元

购书咨询：（010）88819926　电子邮箱：club@fltrp.com
外研书店：https://waiyants.tmall.com
凡印刷、装订质量问题，请联系我社印制部
联系电话：（010）61207896　电子邮箱：zhijian@fltrp.com
凡侵权、盗版书籍线索，请联系我社法律事务部
举报电话：（010）88817519　电子邮箱：banquan@fltrp.com
物料号：342130001

目 录

图目　VII

第一章　诗人兼剧作家　1

第二章　《维纳斯与阿多尼斯》　29

第三章　《鲁克丽丝受辱记》　76

第四章　初读莎士比亚的《十四行诗》　126

第五章　《十四行诗》中的其他模式和情感迸发　168

第六章　《情人的怨言》和《凤凰与斑鸠》　195

英格兰大事年表　223

图 目

图 1. 莎士比亚,《维纳斯与阿多尼斯》,1593 年版。书名页　36

图 2. 第三代南安普敦伯爵亨利·赖奥思利的肖像　37

图 3. 提香,《维纳斯与阿多尼斯》,约 1555—1560 年　46

图 4. 洛伦佐·洛托,《一位手持鲁克雷蒂娅画像的女士》,约 1530—1533 年　82

图 5. 波提切利,《鲁克雷蒂娅的悲剧》,约 1496—1501 年　89

图 6. 提香,《塔昆与鲁克雷蒂娅》,约 1571 年　91

图 7. 1609 年版《莎士比亚十四行诗》的献词　130

图 8. 罗伯特·切斯特,《爱的殉道者:或罗莎琳怨语》,1601 年版。书名页　198

第一章

诗人兼剧作家

本书的缘起、中心与边缘

我未曾料到,这部《莎士比亚诗歌简论》的问世源于一次邀约:我受邀到贝弗利山庄的一个漂亮花园去做一次关于情人节的演讲。我当时想:在这种时候,还有谁比莎士比亚更适合作为演讲的话题呢?在英语中,尤其是在十四行诗中,关于爱情的某些最著名的诗行,不正是他写的吗?从那句简洁而精致的探问——"或许我可用夏日把你来比方?"[1](第18首),到那句响亮而坚决的宣

---

[1] 本书中所引的莎士比亚十四行诗如无特别说明,均采用辜正坤先生的译文,但本书会根据行文对标点符号略加调整。本句参见威廉·莎士比亚:《莎士比亚十四行诗:中英对照本》,辜正坤译,外语教学与研究出版社,2017,第38页。后文中出现的其他十四行诗译文如无特别说明,均参见此版本,不再一一注明来源。除莎士比亚十四行诗外,书中所引的其他诗文、剧文等的译文均为牛云平译;书中所有页下注也均为牛云平所加。——译注,下同

令——"啊，我绝不让两颗真心被障碍 / 难成百年之好"（第 116 首）。

事实上，莎士比亚并未直接就情人节发表过议论，更别提情人节贺卡上印刷的那类多愁善感之辞了——情人节主要是种商业噱头罢了。在莎士比亚的作品中，给人印象最深的一个跟情人节有关的例子，大概是《哈姆莱特》中奥菲利娅的唱段"明天就是情人节"（第四幕第五场第 48 行）。她唱着这首歌，哀诉了歌中少女在情人节的失贞经过，精神陷入失常。但在爱情（及其变体）这个宏大话题上，莎士比亚则几乎是滔滔不绝，正如我讲座当天那些阅历丰富多彩的老练听众对此津津乐道一般。爱情的手指不停舞动，在莎士比亚的戏剧中到处留痕：它出现在喜剧（以及后来的传奇剧）中——这一点我们不难预见到，出现在所有的悲剧中——爱情在剧中强烈的结婚欲或求死欲中有迹可循，还出现在至少某些历史剧中——爱情跟剧中复杂的社会与政治问题纠缠在一起。不过，爱情还最集中地呈现于莎士比亚的诗作当中。

就此而言，爱默生[1]对莎士比亚十四行诗的评论用在

---

[1] 爱默生（Ralph Waldo Emerson, 1803—1882）：美国诗人、散文作家。

他的其他诗作身上也完全恰如其分,因为那些诗作最突出的一点也正在于"激情的强力同化了万事万物,使之同它一般摇神荡魂"。没错!万事万物,概莫能外。在莎士比亚笔下,维纳斯满心满脑都是如何引诱阿多尼斯,而塔昆欲火所指、垂涎三尺的目标鲁克丽丝,却将情欲的对立面——她的贞节——视为其自身不可分割、不可亵渎的组成部分。因此,《情人的怨言》中的那位无名女子,如同古舟子那样,也注定要不断重复自己被征服的故事,且深缚于那故事的缠裹。只有《凤凰与斑鸠》中颂扬的那对无名恋人可能算是通过真正的心灵结合而逃脱了激情的囚困。而事实上,他们就跟诗里的凤凰一样,品质殊异而不合常理。

大多数读者大概知道十四行诗是怎么回事,但是当我们提及莎士比亚的"诗歌"(poems)而非莎士比亚的"诗"(poetry)这个笼统的话题时,意味着什么呢?"诗"常被用于相当宽泛地描述莎士比亚的语言辞藻华美——或曰诗意斐然——的总体特征:意象丰富,比喻迭出,情感高尚,论说雄辩,扣人心弦似擂鼓不绝,意蕴无穷如深井幽邃。诸如此类的评价经常让人将莎士比亚称为最伟大的英语诗人，或者助长这种呼声，而他也的确常常无愧于这个称号。此类评价适用于他写的各种舞台剧本和其他文本。我也觉得莎士比亚的语言丰富、雄辩、震撼、深刻，但是这本《莎士比亚诗歌简论》聚焦于相对一小部分的诗歌，它们在莎士比亚生前虽未结为一个集子，但除了一首之外，都是分别出版过的。按时间顺序，这些诗歌包括两篇叙事诗、一篇《凤凰与斑鸠》以及《十四行诗》[1]（1609）。其中，两篇叙事诗是《维纳斯与阿多尼斯》（1593）和《鲁克丽丝受辱记》（1594）。《凤凰与斑鸠》最初出现在名为《爱的殉道者》（1601）的诗集之中。《十四行诗》结尾处附有那首名为《情人的怨言》的叙事诗，诗前还有一页单独的标题页。

确实，这些诗歌加在一起也算不上鸿篇巨制，但那154首十四行诗在当时用英语创作的十四行诗集中乃是创纪录的，何况它们发表以来后人所作的评注更是数不胜数。不过，一直有人尝试把一些讽刺小短文和精致韵文也算到莎士比亚名下，特别是在17世纪晚期——那时，他作为

---

[1] 全称为《莎士比亚十四行诗》，本书作者在行文中将其简称为《十四行诗》。

斯特拉特福地方作家的名声越来越大。直到今天,还不断有人尝试这么做呢。从钱财收益上看,新发现一首莎士比亚的诗作可比不上新发现一幅维米尔[1]或伦勃朗[2]的作品,但也已促使许多学者找出了不少可能"是莎士比亚创作的"作品;而事后考察证明,它们的可能性都被夸大了。若将大众感受用作我们下判断的唯一指南,那么在埃文河畔斯特拉特福人迹杂沓的圣三一教堂里,他的盖墓石上铭刻的那首决绝的"自撰墓志铭",可谓是入选可能性最大的一首了。墓志铭警告道——且到目前为止收效显著:

朋友,看在耶稣面上,
勿将这里的泥土刨扬。
手下留情者必得神佑,
动我骸骨者必得诅咒。

研究莎士比亚的专业人士可能另有看法,也许更倾向于认为《通村斯坦利墓上的诗歌》才是莎士比亚的作品。

---

1 维米尔(Jan Vermeer, 1632—1675):荷兰画家。
2 伦勃朗(Rembrandt Harmenszoon van Rijn, 1606—1669):荷兰画家。

但由于这些后来被归到莎士比亚名下的诗歌之中，没有哪一首的权威性不受争议，而且大都简短、平淡，因此本书不予讨论。那些出现在剧作中的诗，例如《罗密欧与朱丽叶》中首句为"如果我的浊手亵渎了这圣地"（第一幕第五场第 90 行）的那首著名的十四行诗，也只会简略提及。这是因为，若对它们多加讨论，会涉及对有关剧作上下文的理解，这将使我们离题过远，迷失要点。

与通常被认为是莎士比亚所作的那 36 部戏剧（算上他跟别人合作创作的那些则为 39 部）相比，这些诗歌的数量似乎很少；尽管如此，要是跟与莎士比亚同时代的最经常被拿来跟他相比的人——克里斯托弗·马洛[1]和本·琼森[2]——比起来，他作品中的诗歌数量并非少得过分。马洛的作品除了戏剧，主要包括（译自卢坎[3]和奥维德[4]作品的）多部译作、一首颇具才华与声誉的叙事诗《希罗与利安德》，以及一首广受时人效仿的田园诗《热情的牧羊人致情人诗》。不过，如今马洛主要以六部供舞台

---

1 克里斯托弗·马洛（Christopher Marlowe, 1564—1593）：英国剧作家、诗人。
2 本·琼森（Ben Jonson, 1572—1637）：英国剧作家、诗人。
3 卢坎（Lucan, 39—65）：罗马诗人。
4 奥维德（Ovid, 公元前 43—约公元 17）：罗马诗人。

演出的戏剧知名,其中最著名的是《浮士德博士的悲剧》、《帖木儿》上篇和下篇、《马耳他岛的犹太人》和《爱德华二世》。1616年,正值创作盛期的琼森出版了《琼森作品集》。该作品集证明,琼森更有资格被称为当世的大诗人。《琼森作品集》为对开本,包括九部戏剧、两个重要诗集(《铭词集》和《森林》),以及一些宫廷假面剧和数篇宫廷娱乐小品。然而,《琼森作品集》的整体影响是突显了琼森作为一名成功作家在多方面的社会威望:王公贵胄、戏剧伶人、普通大众及富裕阶层都对他深为敬服。

　　琼森所享有的这种社会对其作家身份的广泛承认,莎士比亚生前是不能企及的。假如我们同意——实则包括我本人在内的许多学者并不同意——当时的流行看法,那么莎士比亚根本算不上什么作家,他只是个恰好会鼓唇弄舌倒弄几个词儿的家伙,"用他那乡音野调儿放肆地"鸣叫。莎士比亚同马洛一样,本来醉心戏剧,但时机、需求和梦想使然,他偶尔也写写诗歌,尤其是在大瘟疫期间剧场被迫关闭时。但马洛只是莎士比亚部分效仿的榜样。他英年早逝,只对莎士比亚早期的写作有所影响,跟莎士比亚的十四行诗没有丝毫关系。马洛与琼森在十四行诗创作方面都是一片空白（琼森是近乎空白，他公开表达过对十四行诗的轻蔑，但也曾费力挤出过几首）。在十四行诗创作上，莎士比亚只能转而效仿其他同时代的人：菲利普·锡德尼爵士[1]和埃德蒙·斯宾塞[2]等几位稍年长的人文主义朝臣写过这类诗歌。在这些人心中，自己与那些影响远播的欧洲作家——尤其是弗朗西斯·彼特拉克[3]——是同路人。莎士比亚也走上了这条路，但中途显然岔了开去，另辟了自己的一条十四行诗写作之路。

莎士比亚的双重职业

莎士比亚既是诗人，又是剧作家，过着双重生活。从许多方面来看，他的双重生活中有一点最为重要：诗人兼剧作家的身份交融为他的文艺创作带来了极大的益处。他的诗歌中叙事诗自不必说，连十四行诗都带着一种粗朴

---

[1] 菲利普·锡德尼爵士（Sir Philip Sidney，1554—1586）：英国诗人、学者，其作品包括田园浪漫传奇故事《阿卡迪亚》、十四行组诗《爱星者和星星》、文学批评著作《为诗一辩》等。

[2] 埃德蒙·斯宾塞（Edmund Spenser，约1552—1599）：英国诗人，以其长篇寓言诗《仙后》闻名。

[3] 弗朗西斯·彼特拉克（Francis Petrarch，1304—1374）：意大利抒情诗人、学者，对文艺复兴时期诗歌有重大影响。

的、心理性的、戏剧性的特征。这种特征在斯宾塞和塞缪尔·丹尼尔[1]等具有更纯粹的精英身份的同时代诗人那里极为罕见。例如，莎士比亚的叙事诗意象鲜活，对话和肢体动作描写十分夸张，有时看起来像是他正在纸页上想象某个正在舞台上演出着的情节——或者可能是某个只能在想象中演出的情节——然后用复杂的韵文把它记录下来。比如，在《鲁克丽丝受辱记》的末尾，布鲁图和其他罗马人像演员那样，围在鲁克丽丝的尸身（"鲜血淋漓的尸身"）旁向她郑重盟誓。该诗最后一节描写她的遗体被抬着全城游行，不仅让全罗马人观看，而且也让我们在脑海中观看。全诗以此画面结尾。同样，第23首十四行诗是这么开头的：

> 正像一个新戏子初次登场，
> 在慌乱里把台词忘个精光，
> 又像是猛兽胸怀满腔怒火，
> 雄威太盛，心志反不刚强。

---

[1] 塞缪尔·丹尼尔（Samuel Daniel，约1562—1619）：英国诗人。

这是将缺乏自信的情人比作初次登台的演员。对比刻画之精准，其情其景似乎唯有在剧场里待过很长时间的人才能想得出来。

与此同时，莎士比亚的戏剧中不仅有大量的诗体语言，还有诗歌、韵文，特别是十四行诗、抒情诗、歌曲（包括巧妙的整章和"断章"）、挽歌或墓志铭。这些诗作注重韵律，有时用来结束一个场次，偶尔则像在《理查二世》中那样，用来营造一种仪式性的古老氛围，以对比衡量剧中那个新的政权。实际上，要想了解莎士比亚作为作家的非凡成长轨迹，就要关注他剧作中人物那奔放自如的台词风格，以及重读模式、共享剧文[1]等方面的更大的自由度。《维洛那二绅士》（约 1591）和《暴风雨》（1611）创作时间间隔 20 年，在这些方面的差别极大。《维洛那二绅士》中很多场景的人物言辞，仿佛是从伊丽莎白时代的诗集印刷品中的某一页上直接剪下来，交给一位演员让他去任意表演似的（在王政复辟前，剧场演员都是"他"）。那

---

[1] 指戏剧中两个或多个角色依次接话，共同完成的诗文台词。莎士比亚常用这种手法来加快剧情节奏。此处采纳辜正坤先生对此术语的译法。感谢辜先生赐教。

些五步格诗行音节数目整齐划一，常为结句行，每行长度为10个音节，且常常与语义完全对应。而《暴风雨》中的普洛斯彼罗则几乎与此背道而驰。他一出场就长篇大论，啰啰唆唆，似乎是在舞台上即兴发挥，讲着一句又一句音节繁多的台词，如同在自言自语，倾听自己思想发出的声音。

但我们不能由此声称，莎士比亚的诗歌也同样展现了行文自如或表现力增强的趋势，即便其十四行诗中的内在思索清晰可见，跟理查二世的最后独白或哈姆莱特的不断沉思中的个人冥想一般无二。他剧作和诗歌上的这种差别，在某种程度上是由于我们没有足够的时间线索，无法勾勒出某种稳定、连贯的衡量方法，以纵览他这20年的活跃创作情况。可是，即便我们能够找到某种方法，他有意为那些诗歌选择的基本形式——诗歌类型不同，诗节形式就不同——也令我们无法像评估素体诗创作中的渐变和显变那样，进行各种可能的试验，并对此形成总体印象。谈起莎士比亚作为一个诗歌作家的成长历程，我们最多可以判断，他惯用的诗歌形式根植于16世纪90年代，那是诗和戏剧艺术充满活力的火热年代。他用某些时人更喜爱的体裁进行写作——这一点我们稍后将会谈到——而对当时兴起的讽刺诗等其他体裁毫无兴趣。他的诗歌探究并展现了当时的偏好：辞藻华丽，修辞多样，情感丰富。在1601年出版的《凤凰与斑鸠》中，他减少了这些时尚的文体特征，有意写得很朴素，或许是在顺应多恩[1]和琼森等年轻一辈诗人推崇"有力诗行"和佯谬隽语的新潮流。而在《情人的怨言》中——如果我们把整首诗都当成他的作品的话，莎士比亚再次回归辞藻华丽、修辞多样、情感丰富的套路，或许他是在玩味对伊丽莎白时代的怀念之情。但他在1609年出版之前连续不断或断断续续创作的十四行诗，既没有他的同时代人迈克尔·德雷顿[2]的那种竭力与时俱进的渴求，也没有叶芝[3]等现代诗人身上那般希望匡正时弊的本能，而是一直在寻找更富真情实感的表达形式。

用我们今天的话说，那时一个商业剧作家要想成功，就必须跟上潮流。而诗人则不必如此，至少不必跟得那么

---

[1] 多恩（John Donne，1572—1631）：英国玄学派诗人、布道者。
[2] 迈克尔·德雷顿（Michael Drayton，1563—1631）：英国诗人。
[3] 叶芝（William Butler Yeats，1865—1939）：爱尔兰诗人、剧作家。

紧。莎士比亚时代的实情是，剧本一般被认为是生命短暂的事物，仅在舞台上存在两个小时左右，散场后就被遗忘；或者起码是被送到圣保罗大教堂周边那些小摊上，放在不起眼的位置，当作快销印刷品卖掉——那些戏剧的四开本就是这样的。16世纪90年代，印刷出版业迅速发展，与戏剧业并驾齐驱，莎士比亚戏剧的四开本成了印刷出版业的主打产品之一。与之相比，诗的血统更为高贵；确切地说，这更为高贵的血统里包含着情感上与实践上对永恒的渴求：它以手稿和印刷的书本两种形式流传。诗的高贵血统还表现在其受众群体上：它是要吸引受过教育的精英读者，而不是莎士比亚时代那些经常光顾巨大圆形露天剧场的大众戏迷。莎士比亚写于创作生涯中期的《凤凰与斑鸠》是附在一册印刷出版的致敬赞助人的诗集中的；这表明，他在日常创作供给下里巴人的剧本的同时，还始终保有阳春白雪的高贵品味。

这种情况意味着，戏剧创作在社会地位上是成问题的、低贱的。剧本写手主要是那些新进城的人（莎士比亚来自斯特拉特福镇），有时是没受过多少教育的人（莎士比亚只读过文法学校），而他们的作品——更准确地说是文字，因为其版权属于公司，而不属于作者本人——经常在"轨道的另一边"上演。在莎士比亚生活的时代，"轨道"就是泰晤士河，"轨道的另一边"即伦敦南岸的贫民区，纵犬斗熊表演和各种妓院的所在——那里比好莱坞或外外百老汇都差，肯定不可与时尚高雅、上流上品的伦敦西区相比拟。而写诗，至少是某些类型的诗歌，则属于贵族活动之列，甚至是王室活动之列。伊丽莎白女王（Queen Elizabeth，即 Elizabeth I）和詹姆斯国王[1]都写过诗。（莎士比亚写《鲁克丽丝受辱记》所采用的君王诗体，实际上是以15世纪的苏格兰国王詹姆斯一世［James I］命名的。）锡德尼、多恩等许多重臣高官也都写诗，即便他们为了保持特权感而不公开发表自己的作品。

莎士比亚在伦敦城两头都下了功夫，并取得了相当大的成功。在此过程中，他实际属于并想象自己属于两边的作者阵营。因此，学术界有时称他为"诗人-剧作家"，或者抬高一下其作品的重要地位，称他为"国家级诗人-剧作家"——毕竟他在有生之年就声誉鹊起了，身后更是名

---

[1] 詹姆斯国王指17世纪时的英格兰和爱尔兰国王詹姆斯一世（James I），在继承此王位前，他是苏格兰国王詹姆斯六世（James VI）。

声大振。莎士比亚写诗是为了与精英阶层建立联系,赢得可能的赞助,获得财务收益。他写戏剧则是为了生存。莎士比亚从戏剧业获得的滚滚财源并不妨碍我们意识到,他渴望被视为"绅士"。他不仅在斯特拉特福购置了镇上第二大的宅第,而且很可能在1596年成功为他父亲取得了希求的家族盾徽。但我们也很清楚,这种双重职业身份不时给他带来痛苦和尴尬。他为自己干的是戏剧一行而自轻自贱,其自卑感最清晰的表露莫过于那首写"染匠之手"的著名十四行诗(第111首)。他在诗中悲伤地对情人道歉说:

> 啊,愿你为我责难命运女神,
> 她是造致我行为不端的总根。
> 她不曾眷顾改善过我的生活,
> 却让我的生计举止如同庶民。
> 于是,我的名字便不免蒙羞,
> 我的天性的棱角也快要磨平,
> 如染匠之手遇外色屈从环境。

在诗中，莎士比亚将自己在爱情中的不良行为归咎于自己的职业所处的社会地位。当他将"生计"与"举止"相提并论来为自己辩解时，这种自我控诉听起来尤为严厉尖锐。这一不安的自我写照不难令我们想起，他父亲是一个手套工匠，为皮革染色是工序之一。此般事实更加突出了诗中所描绘的自身污秽感。这首十四行诗揭示了莎士比亚必须跨越的令人窘迫的鸿沟，它横亘在其社会职业与个人生活之间，横亘在16世纪末期英格兰等级森严的精英世界与平民世界之间。如此明显的难堪之情可能有助于解释他为什么迟迟不将这些诗歌印刷出版，公之于世。

戏剧与诗歌：节录比较

社会学角度的解释有助于我们理解莎士比亚作为个人和作家的境遇，但起作用的还有其他一些规律，它们能够阐明两种文学形式之间的根本差异，二者是他谋生的两大支柱：戏剧与诗歌。举个典型的例子，《维洛那二绅士》中有一个场景在莎士比亚的一首十四行诗中再现了。《维洛那二绅士》第一幕结束时，普洛丢斯哀叹自己被迫离家,离开维洛那,而朱利娅还生活在那里。这是由于他隐瞒了手中那封信的真相,对父亲说谎而作茧自缚,意外造成了困境。他没照实说那封信是朱利娅写来的,而谎称是他的朋友凡伦丁从米兰寄来的。在后面的剧情中,朱利娅对普洛丢斯的爱有多么坚定执着,普洛丢斯对她的爱就有多么反复无常——或曰薄情善变。普洛丢斯说道:

> 我因怕烧伤而躲过了烈火,
> 却失足掉进海水全身沉没。
> 我不敢出示朱利娅的来信,
> 生怕父亲反感我竟然恋爱。
> 谁料他却借着我的托词,
> 给予我的爱情致命一击。
> 唉!这个春季的爱情啊,
> 就像那多变的四月天气,
> 刚才明明还是晴空丽日,
> 没一会儿却已阴云满天!

(第一幕第三场第78—87行)

普洛丢斯这番话是个恰当的例子,展现了莎士比亚戏剧的早期风格——每行剧文的含义都跟其长度几乎完相称，但其主要目的是推动情节发展：简要总结此前的情节，为过渡到下一场景做准备。普洛丢斯以一个简短的感叹句结尾，将爱的短暂无常比作"那多变的四月天气"。这个平淡无奇的句子刚说出口，就被他的仆人潘西诺的上场打断了。潘西诺道："普洛丢斯少爷，老爷有请。/ 他很着急，请您赶紧去吧。"演出时间决定，情节紧凑就是一切。莎士比亚很快就会懂得怎样让场景转换更加流畅，但戏剧始终受制于剧情的时序。

几年之后——究竟几年尚未可知，莎士比亚按照另一套规则，在下面这首诗（第 33 首十四行诗）中重构了这样一个片刻。诗休结构是：三个押交韵的四行诗节加一个对句。这是莎士比亚使用的标准十四行诗形式，几乎一成不变，后来就以他的名字命名，以区别于押韵方式与之不同的彼特拉克体十四行诗：

> 多少个明媚辉煌的清晨，我看见
> 威严的朝阳把四射光芒洒满山巅，
> 它那金色的脸儿贴紧碧绿的草原，
> 用上界炼金术使惨淡的溪水璀璨。

> 然而倏忽之间，飘来了片片乌云，
> 黑沉沉横过它那庄严肃穆的面影，
> 竟使得被遗弃的下界难睹其尊容，
> 它于是蒙羞戴耻沉落于碧霄九重。
> 我的太阳也曾经如此地四射光芒，
> 在一个清晨辉煌于我的前额之上。
> 可是唉！我只能一时承受其恩宠，
> 须臾云遮雾障，不复重睹其华光。
> 然而我对他的爱心并不稍稍有减，
> 天日会变暗，人世的更理所当然。

诗中描述的景象让人想起《维洛那二绅士》中的场景，在该场景中春季的爱情被比作阴晴不定的天气，但第33首十四行诗的全部诗行却使莎士比亚能将这离别时刻所包含的爱情的甜蜜与痛苦丝丝缕缕都演绎得精细入微。(《罗密欧与朱丽叶》很快将在舞台上充分运用这一经验。那个剧本之所以读起来有很强烈的十四行诗韵味，这正是一个原因。）打个比方讲，莎士比亚似乎是把绘图员的羽毛笔换成了画家的画笔。与普洛丢斯就这个话题发表的片言只语的感叹不同的是，诗中直抒胸臆，描写了层次丰富的感觉变化，思绪细腻，情感鲜明；我们从头到尾，逐一阅读构成全诗的每一个诗节，宛如先深吸一口气再缓缓吐出的过程。读者在《鲁克丽丝受辱记》中描写特洛伊城陷落的那个名段中，将会发现这种慢速阅读的从容随意。在那个片段中，鲁克丽丝长时间地仔细思量画中的具体细节。在读这第33首十四行诗时，我们就像驻足玩味画家的一笔一触那样玩味每个词句，例如，大量运用的头韵——这是诗人百宝囊中的惯用工具。glorious, golden, green 和 gilding 发清脆的前舌音，衬托出太阳那庄严的帝王威仪，强化了自首行首词 Full 和次行首词 Flatter 开始所形成的音响和情感上的摆荡，接下来第三行和第四行的首词（Kissing 和 Gilding）均为动词的主动态分词，它们进一步强化了这种摆荡。

但更重要的是，诗里恋情中的情感激变通过比拟的凝聚力给我们留下了深刻的印象，这一印象是我们在慢读中有时间获得的。直到第九行中的转折点（通常被称为"突转"）提及"也"时，我们才瞥见真正的描写对象，即明喻的本体；第二个四行诗节突然开始描写（"倏忽之间")地平线上涌起的"乌云",与前文形成了强烈对比,使诗中的明喻变得复杂难解。可是,云并不仅仅是出现而已。它们"飘来",而且不是仅仅飘过天空,而是"黑沉沉横过它那庄严肃穆的面影",似乎是蓄意对太阳加以侮辱。此外,rack(本义为"飞云团")一词不仅和 ruin 一样,含有"损毁"的抽象含义,而且与 ugly 合用,很可能还有第三个含义,暗指折磨肉体、带来苦痛的刑具本身:在莎士比亚生活的时代通常用以折磨囚犯的拉肢刑架。对《维洛那二绅士》中的普洛丢斯来说,阴云只是"没一会儿"就消除了丽日之美,这意味着他得离家出发了。在第 33 首十四行诗中,美先被描绘得十分宏壮,是为了凸显它在下文中一变而为丑陋:太阳那庄严肃穆的面影一下变为蒙羞戴耻的形象("尊容")。

在这首十四行诗中,说话人首先发现情人有个缺点,然后用前八行建构起来的意象来比拟自己的经历——"我的太阳/我的前额"(我在此标记斜体,以示强调),唤起了读者的情感高潮。这一比喻转接表现了诗中内容的反转,但它将前八行所建构起来的意义整合贯彻于全诗,朦胧地呈现了说话人感受到的恋人间的关系。诗中不仅描述了爱情的短暂——"我只能一时"承受其恩宠——强调了对方的性别，而且暗示了情人的可疑动机。他是不是和别人出去约会了？或者像美国诗人艾伦·金斯堡[1]所推测的那样，没能回电话过来（金斯堡明知这不符合那个年代的实际情况，却执意如此推测，有意犯下年代误植的错误）？说话人与情人之间的距离不仅仅是时间甚或空间上的，而且是道德、伦理、人身层面的，甚至是认识论意义上的：说话人提到"须臾云遮雾障"（我在此标记斜体，以示强调）。"须臾"仅指此时此刻吗？诗末的对句明显有自我文饰之意，此时又披上了解释的伪装。句中以"变暗"一词——这也是全诗最后的恼人词语——暗示，二人之间的距离比"须臾"更久远，甚至实际可能是永不再见。

不用说，这种慢速阅读在剧场里是不可能发生的，但在纸面上却可以。第33首十四行诗如同莎士比亚的绝大多数其他十四行诗和别的类型的诗歌一样，值得精读细品，然而，这并非由于他因环境所迫在搞什么迂回婉转、

---

1 艾伦·金斯堡（Allen Ginsberg，1926—1997）：美国"垮掉的一代"的代表诗人。

语意不明的文字游戏,或者不仅仅由于存在这样做的可能性,而是由于他比所有其他英语诗人都更加了解,且更能够自如地运用语言的影射意义及其任性的表里不一和千变万化,尤其是描写爱情的时候;这也是由于他相信,意义的复杂程度与感情的深刻程度相一致,而非正相反。当然,莎士比亚那个时代的某位读者可能会强调其诗歌读起来是多么别具一格。该读者经常是(但不一定总是)一位男性,他很可能被诗中那些人所共知的情感、繁复的修辞色彩和复杂的语法结构所吸引——这些阅读习惯都深深根植于当时的教育与文化态度。不过,尽管这些早先的做法值得重视,但我们没有理由局限于此,正如我们去剧场看戏时不会认定所有戏剧表演的衡量标准都应局限于再现莎士比亚时代的服装和表演方式。

几桩令人惊讶的事

  莎士比亚作品在为世人所接受的过程中存在着一些值得注意的惊人之处。第一,后世竟然对莎士比亚的戏剧大加推崇,对其戏剧的评价高过了对其诗歌的评价,对此,没有人会比作者本人更惊讶。这不仅仅是因为他的戏剧在1623年才得以结集为那部伟大的对开本（即第一对开本）出版——若非这部书得以出版，他的18部剧作将永远湮没于历史的长河，不为后世所知。莎士比亚1616年去世，大约七年之后，第一对开本才问世。这还因为，在其有生之年的某些时段，他作为诗人的名声显然比他日益增长的作为成功剧作家的名声还要响亮。如果把纸质印刷品这一媒介形式视为衡量作品受欢迎程度的唯一指标，那么《维纳斯与阿多尼斯》胜出，因为它在版本数量上远远超过了莎士比亚的任何戏剧——这篇叙事诗的版本到1617年已达10个，到1640年又多了六个（更不用说当时广为流传的各种手抄本和札记本了）。相比之下，莎士比亚戏剧中重印次数最多的《理查三世》，到1622年，即第一对开本出版的前一年，只发行了六个版本。《鲁克丽丝受辱记》的版本数量稍逊一筹，但在1593年至1623年间，莎士比亚的两篇叙事诗加在一起，在其全部出版作品的版本中所占的比例竟然高达40%。

第二桩令人惊讶的事与上一桩恰恰相反：《十四行诗》这部诗集似乎是最受欢迎的英语作品之一，是一个多世纪以来英语教育体系的一大柱石，但它当初在发表的时候却几乎没得到片言只语的评价。没有几部伟大的作品在起初问世时会留下如此微小的回响。没错，《十四行诗》几乎从发表之初起，就一直在诗歌竞技场上同作者本人的叙事诗彼此较量；直到19世纪早期，时人对抒情诗在总体上的浪漫主义理想以及对自传文学的特别推崇将《十四行诗》推到了——有时令人烦恼的——众目睽睽之下，这部最初无人理会的诗集才人气大增，超过了叙事诗，甚至在某些时候其受欢迎程度超过了戏剧。在整个20世纪的大多数时间里，比起叙事诗，《十四行诗》仍然明显更受欢迎；部分原因是，在专业读者界，20世纪中期的新批评派教研实践更擅长分析和教授短小的抒情诗，而非较长的叙事诗。但是，尽管《十四行诗》在各个领域都继续广受喜爱——无论在地铁上，在教室里，还是在更私人的空间里，人们都可以阅读十四行诗——但其他批评方法的出现，特别是那些20世纪70年代早期在女权主义者启发下产生的批评方法，为描写非凡女性的叙事诗赢得了大量读者。从17世纪初以来，这些叙事诗从未这般受欢迎。

　　本章是介绍性的一章，本书后面各章将对本章提出的许多观点分别加以详细阐述，但本章还需给出总结性评述。人们的品味总在变化，理解方法和阅读习惯也同样会改变。鲜有哪位作家及其作品受到的价值评判的变化像莎士比亚的作品已经经历过并仍在继续经历的那般剧烈。在他生前，那偶尔被搬上舞台的剧本以印刷品形式得以出版；其印刷出版情况如今成为一种手段，可用以评估他作为作家、诗人兼剧作家日益重要的地位。戏剧本来是一种独立的作品形式，但自从以对开本形式出版印行——单单17世纪就出版了四种对开本——之后，便获得了拓展，变为一种有形体的作品，可供后人研究、分析和表演。再到后来，电影再次打破剧场的局限，可以反复将这些戏剧传播给更大范围的观众。如今互联网更进一步扩大了其传播范围，可以将它们传播到地球上的近乎任何地方。

与此同时，莎士比亚的诗歌并没有为世人所忽视——尽管本书对这些作品的生命力的讨论仅限于英语世界。他的十四行诗长期以来一直为人们所朗诵和吟唱，也一直是人们用以改编为艺术歌曲的好素材，甚至还曾被改编为戏剧或舞蹈在台上演出；其叙事诗也是一样，最近还显露出特别适合进行多媒体展演的潜力。互联网上也充斥着莎士比亚式的诗句，但需指出的是，这些诗句并非全部出自莎士比亚之手。人们经常认为并且声称，若要充分展现戏剧的魅力，唯有诉诸舞台表演；但诗歌却并非如此。写诗不是为了创作露天历史剧的脚本。诗歌的天然家园就在纸上；只要有记忆存留，或者可读的文本触手可及，读者个体就能赋予诗歌生命。尽管在大部头的现代版本的莎士比亚作品集中，其诗歌作品有时几乎看不到，不过，现在市面上的莎士比亚诗集中已有如此之多的优秀版本，这可以部分地说明其诗歌的声名越来越引人瞩目。其中最优秀的版本之一是由科林·伯罗（Colin Burrow）主编的《莎士比亚十四行诗及其他诗歌全集》。如此完善的诗歌全集在莎士比亚生前从未出版过，在他身后也罕有可与之比肩者。

第二章

《维纳斯与阿多尼斯》

情欲主题，漂亮布局

《维纳斯与阿多尼斯》是莎士比亚第一部印刷出版的作品，也是他最畅销的印刷出版物。这首诗很快就跻身那个时代最受欢迎的作品之列。它是一位29岁的诗坛新秀写的、属于年轻人的诗；诗的主题是那迷乱、无知而危险的性欲冲动。此诗常有引人发笑之处，但结局悲惨：维纳斯狂热追求少年阿多尼斯，致使他被野猪的獠牙屠戮。"野猪"与"屠戮"发音相近的韵脚几乎就是个双关语，二者高度相近，隐示着无法避免的惨痛终局，就如同时人熟悉的观念：性就是死亡。

这首诗之所以得以问世，是因为它不仅要展示年轻的莎士比亚那崭露头角的天才，还受到了三个因素的直接助推：大瘟疫的爆发、对一种情色文学形式的全新改造、某位时人的一番充满愠怒的评论。1593 年，也就是这首诗出版当年，大瘟疫在伦敦肆虐，剧场都纷纷按法律规定关门歇业。在那一年，瘟疫夺去了伦敦大约 20 万总人口中约一万人的生命。虽然这首诗几乎无关时局，但大瘟疫就像爱情本身那样，留下了致命的印记。正如不久前的诗人谈论艾滋病的流行一样，《维纳斯与阿多尼斯》中的讲述者满怀希望地浮想联翩，例如，希望男女主人公青春四射的激情与活力（诗中用 verdour[1] 一词）会产生治愈的效果：

> 愿双唇凝情，长吻来救命。
> 啊！让它们色不褪永绯红。
> 朱唇吻封，青春就将久恒。
> 疫疠消停，灾年速得善终。
> 星相家虽已了知生死簿，
> 也赞你呼吸就将瘟神除。
>
> （第 505—510 行）

1　verdour 为旧有词形，今写作 verdure。

最后两句的尾词"死亡"（death）和"呼吸"（breath）押韵，所形成的韵律一下子就抓住了某个飘荡的幻想，这一抓令人动容。

莎士比亚需要生存——而且，人们普遍认为，他还要帮忙养活在斯特拉特福生活的家人，所以他尝试用戏剧以外的另一种体裁写作：小型史诗。这部小小的史诗（后来也被称为情色叙事诗）是从奥维德的作品中汲取灵感的，具体说来就是他那部广受欢迎的《变形记》——高产的翻译家阿瑟·戈尔丁[1]在1567年已将此诗译为英语。这种小型史诗主要是在伊丽莎白时代受人青睐，在当时的英格兰，人们对它的热爱还为时尚短。其历史可以追溯到托马斯·洛奇[2] 1589年写的一首无伤大雅的诗，名为《希拉变形记》。这种迅速兴起的新文学时尚的主要目标读者是牛津大学、剑桥大学或伦敦的四大律师学院（这些学府莎士比亚哪所都没上过）里那些闲散、喧闹的男学生。事实上，这群人正是几年后莎士比亚在《亨利四世》（下）中借着上了年纪的夏禄法官这一形象加以嘲讽的对象——这

---

[1] 阿瑟·戈尔丁（Arthur Golding，约1536—1606）：英国翻译家，曾将30多部拉丁语著作译入英语。
[2] 托马斯·洛奇（Thomas Lodge，约1558—1625）：英国诗人、剧作家。

位"浪子夏禄"充满幻想地回忆了他在克里门律师学院追逐"花姑娘"的青春岁月。

这种小型史诗文体很快也得到了托马斯·纳什[1]和克里斯托弗·马洛等人的青睐。纳什很快就写出了一首色情诗《情人之选》(1593),马洛也写出了技巧远高于纳什的《希罗与利安德》(1593);后者是唯一一首堪与《维纳斯与阿多尼斯》在文学价值上相媲美的诗。在托马斯·海伍德[2]和迈克尔·德雷顿也以此文体创作了几部作品之后,这股创作小型史诗的火热劲头就逐渐冷却了。但在其最辉煌的早期,奥维德式的情色诗帮助莎士比亚——以及约翰·多恩——开启了诗人生涯,尽管多恩并不想以文学创作为业。他出生于贵胄之家,一生中绝大多数时候都避免与低俗的印刷品世界打交道,而是更青睐推崇手稿的精英读者群体。

但来自斯特拉特福的小镇青年莎士比亚则必须靠文字谋生。由此引出了他创作《维纳斯与阿多尼斯》的最后

---

[1] 托马斯·纳什 (Thomas Nashe, 1567—1601):英国小册子作者、讽刺作家和小说家。
[2] 托马斯·海伍德 (Thomas Heywood, 约1574—1641):英国演员、剧作家。

一个（或至少是另一个）因素。在某种程度上，由于莎士比亚缺少学术和社会背景，一本名为《格林的点滴智慧》（1592）的讽刺小册子骂他是只"暴富的乌鸦"。罗伯特·格林[1]毕业于剑桥大学，是一位古怪而多产的作家；他可能不是这本小册子的作者，有说法称那是亨利·切特尔[2]写的。无论如何，这一侮辱，以及随后攻击莎士比亚的《泰特斯·安德洛尼克斯》中一句台词的批判言论，都是莎士比亚在早期戏剧生涯中遭受各种竞争对手恶意中伤的例证：各个戏班、剧作家及其赞助人都在试图搞定麻烦。现代读者很难想象，莎士比亚还有不够神威凛凛的时候——他应该像《暴风雨》中的普洛斯彼罗那样能够召唤"摩天入云的高塔"啊！但在他生涯的早期，他需要设法取得成功，积累起财富。既然其他路径都已被封堵，《维纳斯与阿多尼斯》就成了一条诱人的通途。显而易见，莎士比亚（或许是心急火燎地）走上了这条通途，为的是让自己脱颖而出，不再受困于那些只买得起站票的草根观众

---

1 罗伯特·格林（Robert Greene，约1558—1592）：英国诗人、剧作家和散文作家。
2 亨利·切特尔（Henry Chettle，约1560—约1607）：英国剧作家。

以及同业竞争的剧作家和诗人群体；在后一群体中，或许就包括《希罗与利安德》的作者马洛，那时他刚刚辞世。

这是莎士比亚在其职业生涯中第一次也是唯一一次公开宣称他是诗坛的太阳神。在该作品精心制作的书名页上出现了奥维德的《恋歌》中的一句拉丁文引语：*Vilia miretur vulgus: mihi flauus Apollo / Pocula Castalia plena ministret aqua*（"让凡夫俗子去为毫无价值之物惊叹吧！让金色的阿波罗为我捧上斟满缪斯之水的圣杯"）(图1)。这是他第一次，但不是唯一一次，为他的诗歌寻求赞助人——题献页上的献词写有"尊敬的南安普敦伯爵兼蒂奇菲尔德男爵亨利·赖奥思利（Henry Wriothesley）阁下"。题献页上还有他的名字"威廉·莎士比亚"。这也是他首次如此署名。

赖奥思利（读音为"里斯利"）伯爵是个令人着迷的人物。他当时19岁，比莎士比亚年轻10岁，英俊又鲁莽，貌似很富有；在16世纪90年代早期，很多诗人向他献殷勤，希望能请他当自己的赞助人，虽然他那时似乎没什么钱；后来，直到1596年，他继承了家产，情况才有所不同（图2）。莎士比亚和赖奥思利伯爵是怎么认识的，二

图1. 莎士比亚,《维纳斯与阿多尼斯》,1593 年版。书名页

人友谊的程度和深度如何，目前都只能猜测。《鲁克丽丝受辱记》上写给赖奥思利的献词更加热情，但在那之后，二人的联络迹象就完全消失无踪了。对此，各种猜测五花

图2. 第三代南安普敦伯爵亨利·赖奥思利的肖像

八门，未知确否，但都并非不可能。第107首十四行诗可能隐晦地提到了赖奥思利，而且经常有说法——有时还说得很巧妙——认为，他就是莎士比亚的多首十四行诗中提到的"美少年"，也是其十四行诗集的神秘受献人、"唯一的创造者"。他们二人的关联也可能不止如此，但就本书而言，了解这一点可能就够了：赖奥思利那女子般柔美的容貌和优雅的体态，在某种程度上使他可被比作少年阿多尼斯。他似乎在一众诗人中间引发了激动情绪，这种激动情绪跟维纳斯见到"面颊绯红的阿多尼斯"所产生的种种反应以及《维纳斯与阿多尼斯》全诗那香艳的野外场景一样，都带有情色性质。

剧场关门歇业，导致了另一种门路的敞开。能进这种门的是些经过了筛选的层次更高的观众。他们可能会对一个卑微的剧作家，一个借着表演和幻影做不入流生意的江湖骗子（莎士比亚本人是演员，也是个幻影）高看一眼：将他看成一个技艺精湛的诗人，用他们熟悉的形式，以具有较小但不同寻常的古典价值的题材写诗。莎士比亚还与印刷商理查德·菲尔德（Richard Field）开展合作，此举更像是琼森的作风——琼森很重视印刷出版业。菲尔德也来自斯特拉特福；在同莎士比亚合作之前，他已经出版了一些有名的书，包括乔治·普登汉姆[1]的《英语诗歌艺术》(1589)和奥维德的《变形记》(1589)。尽管莎士比亚与菲尔德的出版合作为时不长，但莎士比亚仍靠一本设计精良的书在印刷出版行业崭露头角：此书封面精致，页面布局漂亮，它使用的是罗马字体，而不是像当时或流行或短命的文学作品——例如洛奇的《希拉变形记》——通常做的那样，使用那种普普通通的哥特式黑体字。简言之，《维纳斯与阿多尼斯》的设计目标是让读者获得良好的阅读体验，尤其是那些很有鉴赏力的高端读者。斯宾塞的朋友加布里埃尔·哈维[2]注意到了时人对这首诗的热烈议论。几年后，他在自己的 1598 年版乔叟[3]作品集的一条页边评注中提到，"年轻人很爱读莎士比亚写的维纳斯与阿多尼斯的故事"，然后以一种更像长者的口吻继续写道："但他写的鲁克丽丝的故事、丹麦王子哈姆莱特的悲剧能够吸引那些更睿智的人。"

---

1 乔治·普登汉姆（George Puttenham，约 1520—1590）：英国廷臣。
2 加布里埃尔·哈维（Gabriel Harvey，约 1550—1630）：英国作家。
3 乔叟（Geoffrey Chaucer，约 1340—1400）：莎士比亚之前的英国著名诗人。

好色的维纳斯

莎士比亚这首《维纳斯与阿多尼斯》自出版以来,一直深受不同年龄、不同性别的读者的喜爱。这种流行之势早在17世纪就已形成;当时的读者被此诗挑逗得耳热心跳,它还引逗男性读者幻想女性背地里偷偷阅读它的情形。如今,这一趋势仍在持续,具体体现在它仍然激发着种种批评意见。批评家中既有男性,也有女性,既有异性恋者,也有同性恋者。他们的批评涵盖了各种相差甚远的理解与阐释,如寓言、文体学、精神分析、女权主义和酷儿理论方面的理解与阐释——更不用说这个大女人追求小男生的故事背后可能隐藏的自传性质。(莎士比亚比他的妻子安妮·哈瑟维[Anne Hathaway]小七岁。)无论解读方式多么五花八门,《维纳斯与阿多尼斯》吸引的读者越来越多,很大程度上是由于诗中对维纳斯这一复杂角色的塑造。作者在她身上花了绝大部分笔墨——有592行都在写她,而写阿多尼斯的只有87行。

维纳斯高于典型的色情明星形象,或是文艺复兴时期提香[1]或委拉斯开兹[2]画作中奢华的情色模特形象,尽管她确实兼具二者的特点。不胜其扰的阿多尼斯抱怨说:"我讨厌的不是爱情,而是你在爱情中的行为:你能拥抱每个陌生人。"(第789—790行)诗中最著名的一段是后来被称为"鹿园"的比喻。它诱使读者(更具体地说是阿多尼斯)想象维纳斯处于一个完全躺下的姿势;她既是天然的软床,也是吟咏的娇娃:

"心肝儿,"她说,"我已把你紧紧围绕,
关进这象牙一般滑润莹白的围栏。
我就是你的园子,你便是小鹿欢闹,
你若下口啃吃,山峰溪谷都随你愿。
　来,轻吮我的双唇,若那山丘干旱,
　向低处游走,就能找到那曼妙甘泉。

在这栏里,你将永享幸福极尽欢愉:
低处的嫩草甜美,平坦的高原悦目,

---

[1] 提香(Titian,约1490—1576):意大利文艺复兴时期威尼斯画派画家。
[2] 委拉斯开兹(Diego Velázquez,1599—1660):西班牙画家。

> 圆润的山丘耸起,参差的灌丛隐秘。
> 哪怕狂风卷积乌云,暴雨倾泻如注,
> 　我的小鹿啊!这丰美的园子将你荫庇,
> 　狗儿不能惊扰,千吠万叫也于事无济。"
>
> (第 229—240 行)

很容易理解为什么这段话立刻火了起来。(在不到一年的时间里,托马斯·海伍德已在模仿这段话:"做菲奥的船夫吧,我将是你的帆船。")这段诗文写得意味无穷——那情景跃然纸上,又委婉又诙谐,但又给想象留下了驰骋的空间。不难想象,有多少好莱坞明星渴望能拿到这样的台词啊!这段诗文也很好笑,且有一点怪异。见惯世面的老手可能习惯于在这一时期的情色绘画作品中看到一只小宠物狗(如提香的《乌尔比诺的维纳斯》,现藏于佛罗伦萨乌菲齐美术馆),但是看到一只小鹿的话也不稀奇吗?通过其双关语"亲爱的"(dear),小鹿(deer)成为了情欲的对象和彼特拉克体诗歌的标志。我们熟知,在这一时期的情色诗歌中,男性诗人常把女性肉体比作大自然,但在本诗中,做出如此大胆的宣示的人却是位女性;

这真真令人惊讶,甚至是震惊!你可以把许多无法在舞台上实现的想法落实在纸面上。

在维纳斯的描述中,有某种自淫并因而自我赋权的东西,但当她对冷淡无情的阿多尼斯讲这番话的时候,这番话却染上了一层绝望的色彩。这种绝望将在诗中得以详尽展现。维纳斯的性幻想同时深深地吸引着男性读者和女性读者,吸引力之强,贯串全诗,因为她的幻想在诗中从未变成现实。不过,她的性幻想对于害怕受到围困和阉割的男性,或者不喜欢女性的男性来说,可能毫无吸引力。莎士比亚笔下那位冷冰冰的阿多尼斯,很可能既怕受到围困和阉割,也不喜欢异性。但即便在此处,我们也须小心谨慎,不能过度概括这首诗所引发的各种反应。在《维纳斯与阿多尼斯》全诗中,欲望是盘旋循环的。约翰·阿丁顿·西蒙兹[1]是维多利亚时期研究意大利文艺复兴的学者,也是一位诗人,还是较早写男性间同性之爱的作家。他说,维纳斯"炽热的求爱让我懂得了怎么用火热的情欲去求爱。我梦想着像她那样向后躺倒在草地上,双臂把那急

---

[1] 约翰·阿丁顿·西蒙兹(John Addington Symonds,1840—1893):英国散文作家、诗人。

促地喘着粗气的少年搂在怀里"。

奇怪的一对：改编奥维德的故事

"鹿园"这段诗文朝许多个出人意表的方向进行了大胆探索，整首诗也一样。诗中对维纳斯题材的别样运用，得益于纳塔莱·孔蒂[1]等文艺复兴时期流行神话作家的百科全书式创作习惯。（孔蒂的《神话》初版于1567年，此后多次再版；书中各用一章分别写了维纳斯和阿多尼斯二人。）但莎士比亚直接取材于奥维德《变形记》的第10卷。此卷以故事套故事的方式，借俄耳甫斯[2]之口，讲述了维纳斯和阿多尼斯的故事。俄耳甫斯曾是欧律狄刻[3]的爱人，后来却爱上了年轻的男孩。在奥维德的故事版本中，女神维纳斯被阿多尼斯的年轻美貌迷住了，深深地爱上了这个年轻人。莎士比亚如果仍然按照奥维德的版本写——把维

---

1 纳塔莱·孔蒂（Natale Conti, 1520—1582）：意大利神话作家、诗人。
2 俄耳甫斯（Orpheus）是希腊神话中的人物，传说是阿波罗（Apollo）和九位缪斯女神之一的卡利俄珀（Calliope）的儿子。他具有无与伦比的音乐天赋，其琴声和歌喉能让猛兽驯顺，木石点头。
3 欧律狄刻（Eurydice）是希腊神话中的林中女仙，俄耳甫斯之妻。她在与俄耳甫斯结婚后不久便被毒蛇咬死。悲恸万分的俄耳甫斯到冥界寻妻，试图救她离开冥界，但因违反了与冥王（一说为冥后）的约定而未能成功。

纳斯和阿多尼斯塑造成一对情侣——俊美的年轻人和坠入爱河的女神，在春宵一度之后，阿多尼斯不听维纳斯的严肃告诫，跑出去猎野猪，却反而被野猪刺死，诗中的故事就不会如此引人入胜，而是会变得更为司空见惯、平淡无奇了。

提香在为西班牙国王腓力二世（Philip II）创作这幅描绘二人分别场面的香艳名画时，脑海里浮现的大概就是这样的故事情景。这幅画是近代早期的一种文化资源，从视觉上直观地反映了当时人们对这对恋人的认识（图3）。画上的阿多尼斯青春气息蓬勃，阳刚健美，维纳斯则丰腴性感，妩媚柔美。但在莎士比亚笔下，情况却并非如此：诗人不仅让维纳斯成为一个炽情悍勇的女性，扮演着许多传统上被赋予男性求爱者的角色（如在"鹿园"的比喻中那样），他还让孩子气的"面颊绯红的阿多尼斯"坚定地蔑视她的主动献身。莎士比亚这首诗也可能引发与同性性爱有关的反应（前述西蒙兹的反应便是明证），当时喜爱奥维德式故事的人会有这种反应。此外，文艺复兴时期兴起了一股风尚，文人们重拾古典时期遭到遗弃的女性的故事题材进行创作，这首诗也属众多此类作品之列。如果我

图 3. 提香,《维纳斯与阿多尼斯》,约 1555—1560 年

们把亨利·普塞尔[1]的《狄多》视为这一风尚的延续产物,那么可以说,莎士比亚在《维纳斯与阿多尼斯》中为他所用题材的戏剧化——有时是情节剧化,甚至可能是歌剧化——处理打下了基础。

在莎士比亚的《维纳斯与阿多尼斯》中,权力和欲望相互冲突,一个角色充当了另一个角色的陪衬。一个在性欲和言语上都占据了绝对权力的女神,与一个情感上尚未

---

[1] 亨利·普塞尔(Henry Purcell,1659—1695):英国作曲家。

成熟、沉默寡言的凡人形成了鲜明的对比。但这两个角色也并未占满想象中的整个舞台，还有第三个人物，或者说角色（正如有一头野猪在这个复杂的情欲故事中充当了爱情三角关系的第三个角）：故事的讲述者，或说话者。他通过简短的旁白、明喻、延伸隐喻、感叹、复杂的对比和精妙的构想来架构并频频解释整个故事，例如，他那个巴罗克式的"壳形洞穴"明喻（第1032—1048行）——这个明喻很快就遭到了时人的挖苦而恶名远扬。在这些繁复的架构和解释活动中，他的作用比奥维德诗中讲述者的作用更为突出。莎士比亚笔下的这位讲述者似乎一边讲着故事，一边坐在剧场的最前排观看这个由自己娓娓道来的故事。

艺术与诗

种种因素交织在一起，整首诗便成为一张巧妙织就的壁毯——这是莎士比亚时代用来形容诗的一个特别流行的字眼。这个字眼源自菲利普·锡德尼爵士的《为诗一辩》。在《为诗一辩》中，他大胆宣称，大自然无论如何丰饶也比不上诗的出产丰富。（斯宾塞在《仙后》第三卷"贞洁传奇"中，确确实实描绘了欢乐堡的墙上所挂的一张壁毯，编织的就是维纳斯和阿多尼斯的故事画面。）由于壁毯上织就的场景经常是艳情和狩猎主题，从而求爱和打猎被关联在了一起。意在言外的《维纳斯与阿多尼斯》的故事也是如此。这首诗虽不像马洛的《希罗与利安德》那样描写得浓郁而华美，如同一幅画毯，但却很像一幅英国风景画：动植物均丰富多彩，有许多玫瑰和兔子；维纳斯在追求阿多尼斯，而阿多尼斯在追猎野猪。

莎士比亚的诗更有棱角，更为突兀，充斥着大量套话，其中有许多涉及爱情与失落、求爱与哀悼等时人熟悉的话题。扑面而来的熟悉感无疑是这首诗能立刻吸引人的部分原因，而思想和情节上的急转则不断带给读者惊喜。（《冬天的故事》中有一句舞台提示词出了名地惊人——"被熊追逐而下"，实则这一舞台提示词早就在这里有了萌芽：《维纳斯与阿多尼斯》第 260 行突然出现"一匹发情的母马"，冲向阿多尼斯的骏马与之交配。）这些套话大部分是维纳斯在与阿多尼斯相处的两天一夜之间所说的。她翻来覆去讲的主题就是她多么热切地渴望他，至少要得到他的一吻；虽然太阳下山时他有点绝望地满足了她的欲求（第535—545行），但她的絮语还是导致了他的离开。维纳斯絮絮叨叨的套话中有些奇怪的弯弯绕绕和突兀的跑题现象——常常跑到从自然环境中借来的某个警示性话题上去。她所有绕弯子与跑题的话语都使用了六行诗节。对此，我必须多说几句。

这种六行诗节在莎士比亚时代常被称为"六行诗"，那时人们认为六行诗"不仅最为常见，而且非常悦耳"。在莎士比亚手中，六行诗被运用得灵活多样而精确清晰，其中前四行的交韵变化更加丰富，结尾的对句简洁明快。前四行和结尾的对句共同构成了一个为工于修辞的乔治·普登汉姆所称道的"悦耳的思想弧"。维纳斯是这样开始行动的：

> 她开口说道："你的美貌远胜于我，
> 你是地上的花魁，无与伦比地香美，
> 你令天仙惭形秽，你令男儿现猥琐，
> 你的光洁超白鸽，你的绯红胜玫瑰。
> 自然造了你，又纠结不断自斗不已，

她说若你命终，便天崩地裂全舍离。"

（第7—12行）

你可以感受到莎士比亚驾驭这种六行诗是何等自信，初试牛刀，这位手套匠人的儿子就像是在娴熟地戴上一只尺寸正好、所有褶缝都恰到好处的手套，而不像是首次试戴那般拙手笨脚。《维纳斯与阿多尼斯》就是用199个这样的六行诗节编织而成的。到19世纪末，这种用滥了的"旧手套"本身获得了"维纳斯与阿多尼斯"诗节的诨名，表明莎士比亚的文名已是多么显赫。

《维纳斯与阿多尼斯》是一首青春洋溢的诗歌，这很大程度上归功于人文主义修辞素养。正如文学研究者常说的那样，维纳斯与文艺复兴时期强调"丰裕"的风格论密切相关。维纳斯说话时的天然修辞模式就是通过比较——一般以她自己为出发点——进行拓展，这一修辞行为在整个诗节中迅速发展为对美的其他方面的讨论（"令男儿现猥琐""光洁超白鸽""绯红胜玫瑰"）。实际上，不是别人，正是维纳斯令整首诗洋溢着快节奏的蓬勃活力，她常常通过紧凑的对句和强力的韵律使这种活力达到一个尖峰,正如上例中所示的那样。这种语言上的动感反映在了她为满足自己的性欲而主动采取行动时的肉体权能中。很快,在下文中,阿多尼斯将被她从他的马上强拉下来,她雄赳赳地像个悍妇一般,连人带马都控制住了:"一手牢抓缰绳,让那精壮骏马无处可逃,/另一玉臂挟住柔嫩少年,令他动弹不得。"(第31—32行)而诗中的讲述者将禁不住在旁白中插话,热烈地大喊:"啊,爱是多么迅捷!"(第38行)"迅捷"立刻将维纳斯——而非阿多尼斯——同活力和精力联系了起来,仿佛她在雄赳赳地跨着大步横穿舞台。在某种程度上,她就是生命力的化身。

我们也可以从这一诗节中看到莎士比亚在以诗叙事方面的编排组合技艺的娴熟程度。他在前文引入的意象或词语,将在后文中不断裹挟上新的意义。维纳斯将自己等同于大自然,这一等同是如此,她将阿多尼斯比作"地上的花魁",这一作比也是如此。"花魁"这个意象直指他的非凡美貌与脆弱,并预示他后来变为"一朵紫花……带有白色的花纹"(第1168行)的结局。同样,"天仙"在比喻意义上据称在阿多尼斯面前感到的"形秽",后文中将转而并指野猪在现实意义上对阿多尼斯所做的事情和维纳斯将对自己做的事情。阿多尼斯"令男儿现猥琐"的美暗示了后文中这种美貌带来的致命后果——他被野猪的獠牙刺伤大腿而死。借助这种前后文的对比，我们可以看到，这一诗节末尾对句的韵脚"（不）已"（strife）和"（舍）离"（life）暗示了维纳斯对阿多尼斯之死的无限悲恸，她的哀悼言辞（第1075—1120行）滔滔不绝，感人至深。她的哀痛并非随着天消地灭而终止，而是以她回归自己位于塞浦路斯岛上的圣城帕福斯并从此与世隔绝为终局。尽管这首诗的行文节奏很快，但全诗很耐读，也很值得细品精读。

如果说莎士比亚让维纳斯自始至终都具有各种"迅捷"的特点，那么可以说，他有意将阿多尼斯置于几乎在本质上与"迅捷"正相反的冷漠之中。阿多尼斯的说话方式通常都很简短粗暴。对于维纳斯的苦苦恳求，他心里基本上是波澜不起，无动于衷，用第94首十四行诗的话来说，"视诱惑如怕火烧身"。讲述者在全诗开篇后不久，就如此评论二人交合的不可能性，或曰荒唐性："她把他推倒在地，正像她被人推倒扑上，/ 先用力量制服他，再满足她的欲望。"（第41—42行） 这对联句在押韵上严丝合缝（请感受一下"正像她被人推倒扑上"这个一厢情愿的小句中充斥的阳刚武力），但维纳斯实在无可作为，或者说几乎无可作为，无法达成她意想中的目标，即便她像这段诗文里几乎在暗示的那样，试图强奸阿多尼斯。行文至此，场面可能颇显滑稽——这首诗中有些滑稽可笑的情景，让人联想起莎士比亚的早期剧作《错误的喜剧》——可这对联句并不能使二人相联，变成一对儿。

然而，维纳斯的意愿与阿多尼斯的意愿之间的强烈反差和迥异情境的确给维纳斯制造了发表讲话的机会。她高谈阔论，升华了自己得不到的东西，既使本诗的情欲主题得到强化，又让期望拓展自己文学前途的诗人借机炫耀了一番他的囊中百宝。事实上，维纳斯的窘境，她所处的矛盾的境况，被诗中的讲述者用一个简短诗行一语道尽，这行诗成为了一个描述情欲的绝妙隽语："她是爱神，深爱着那人，却不被人爱。"（第610行） 莎士比亚在此处炫技，玩了一手名为"叠叙法"的小小修辞术——在这行诗里，就是将一个词（"爱"）以不同语法含义叠用了三次："爱"分别充当了专有名词、一般现在时动词和动词的过去分词（表示被动语态）。这行诗似乎在对读者说：记住

"爱"的回声荡气吧!果然,此诗行自从问世以来,已令许多人牢记不忘。

与此相似,莎士比亚可以利用维纳斯这个角色(有时还加上诗中的讲述者),讲述一些为人所熟知的文艺复兴时期的基本主题或普通观念,由此展开自己的诗,唯一略不寻常的是诗中用女性的声音进行讲述。他笔下的维纳斯可以扮演那种及时行乐的狂热情人:"艳丽的花儿若不趁最鲜最美赶快攀折/将瓣零蕊落,枝枯叶烂,把光阴空过。"(第131—132行) 她可以夸耀自己甚至是战神玛尔斯的情人:"在我的祭坛上方,他献挂自己的长矛。"(第103行) 她可以倡导性爱,其理由是大地需要万物结果,留种繁衍(第169—170行),或把性爱比作感官的盛宴,本身就充满欢愉(第427—450行)。她可以批评阿多尼斯孤芳自赏,自以为是(第161行),可以用他的家族史和有乱伦关系的家谱羞辱他(第211—216行),还可以用马儿的交欢活动来教导他,要他履行男性义务。

这些话语很可能会吸引那些上流阶层的读者。他们不仅识文断字,而且对家谱学和马术兴趣盎然,还至少对艺术略知一二——那时的英格兰正在这方面努力追赶欧洲大陆：

"呸！你这死沉沉的画影，冷冰冰的顽石，
精涂细抹的榆木偶，有头没心的白泥胎，
只中看不中用，无情无义的牙雕银童子！
东西像是男人，却没有女人生养的痴呆。
你空长着男儿皮囊，却不懂男人的一套。
男人天生都会亲嘴，哪儿要我把着手教？"

（第 211—216 行）

维纳斯可以像莎士比亚戏剧舞台上最出色的角色那样进行各种谩骂。她对阿多尼斯阳刚特征的抨击虽然称不上巧妙，但一语中的："东西像是男人"这句带有要阉割他那徒有其表的"东西"（阳具）的言外之意，当场就令他气馁。她组合使用多种艺术意象，说阿多尼斯是"死沉沉的画影"，然后话锋开始转向，逐渐深化和扩展，直至说他是"只中看不中用，无情无义的牙雕银童子"。了解阿多尼斯那非同寻常的家世的读者，或者是有意去读一读《变形记》以对此进行一番研究的读者，会觉得维纳斯这番话更加有趣。

　　阅读《维纳斯与阿多尼斯》的趣味，部分源于它使读者有机会探索其精彩的创作灵感来源。在奥维德的《变形记》中，阿多尼斯是传说中的塞浦路斯雕塑家皮格玛利翁的后裔，其血统故事令人头晕目眩。故事的源头是，皮格玛利翁爱上了他自己创作的一尊美丽的女性雕像。故事里说，皮格玛利翁的真诚祈祷感动了维纳斯，她把这座无名雕像变成了活人，使他们得以结合。然而，他们的结合也产生了麻烦。皮格玛利翁夫妇生了一个女儿，名叫帕福斯。帕福斯生了一个儿子，名叫喀倪剌斯。喀倪剌斯又生了一个女儿，名叫密耳拉。密耳拉无法抗拒自己的激情，与父亲喀倪剌斯上了床。阿多尼斯是他们乱伦的产物。因此可以说，他的遗传基因里面不仅有着冷冰冰的自恋（雕塑家爱上了自己的作品），而且有着对性行为的羞耻感。莎士比亚对这个背景故事进行了一些处理。他提到阿多尼斯是"没有女人"生养的，这掩盖了奥维德作品中阿多尼斯那令人惊悚的身世真相。然而，有关他家世的来龙去脉不仅本来就很有趣，还有助于读者理解为什么莎士比亚笔下的阿多尼斯可能不愿卷入性事，更不用说繁衍后代了，尤其是和维纳斯。他对女人的厌恶是根深蒂固的，或者说是渊源极深的。

在莎士比亚的职业生涯接近尾声时，他将回到皮格玛利翁的故事上，以令人惊讶的方式将其融入《冬天的故事》的情节之中。《维纳斯与阿多尼斯》中对雕塑的提及，是维纳斯组合使用多种艺术意象对阿多尼斯实施的三重攻心战套路之一。诗中提到的最为人熟悉的典故，是普林尼[1]对古希腊画家宙克西斯[2]的著名记载：宙克西斯描绘的葡萄逼真到欺骗了"可怜的小鸟"的眼睛，让它们以为自己"看到了那些果实"（第 604 行）。这个类比对维纳斯欲火中烧而无法得到满足的无助处境和诗人刻画她那热烈情欲的高超艺术起到了譬喻的作用。诗中最详尽的用典，是围绕着阿多尼斯那匹性欲亢奋的骏马而讲述的一段冗长的离题之言（第 258—318 行）。这段话的主要目的是给维纳斯提供一个教学机会，使她能够向她那倔强的学生传授关于繁殖的种种自然功效。但是，正如奥维德使用故事中套

---

[1] 普林尼（Pliny, 23—79）：古罗马作家。
[2] 宙克西斯(Zeuxis，活动时期公元前 5 世纪末）：古希腊最著名的画家之一，以画作高度逼真著称。

故事的内插法那样,莎士比亚诗中的这段话进一步跑题,开始探讨艺术与自然孰优孰劣的问题:

> 瞧,当画家提起笔,超越现实生活,
> 绘出一匹比例完美身形匀称的骏马,
> 他的技艺会将自然的神斧天工巧夺,
> 仿佛画出的假马竟比真马更值得夸。
> 正如眼前这匹马,普通马儿没得比,
> 无论体态、骨骼,还是神采与脚力。
>
> (第289—294行)

不过,此处隐含着更进一步的竞争:绘画和诗歌之间的竞争。莱奥纳多·达·芬奇[1]曾讨论过这两种表现形式孰优孰劣。在他之后,有讨论者将这个问题称为"艺术比较"。

莎士比亚从马蹄子开始,对那匹骏马进行了生动描述,描述中使用了大量名词。我们从中可以看出,他在自己这

---

[1] 莱奥纳多·达·芬奇(Leonardo da Vinci, 1452—1519):意大利画家、雕塑家、建筑师和工程师。

部首次印刷出版的作品中就呈现出了个性鲜明的诗歌创作底色。

> 它的蹄儿圆，关节短，距毛粗又长；
> 前胸阔，眼睛圆，头形小，鼻孔宽；
> 颈脊高，耳朵短，腿直长，传动强；
> 鬃毛薄，尾毛厚，臀部阔，皮肤软。
> 马儿该有的，他一样不缺，都占全，
> 只差威武马背上端坐一位威武俊彦。

（第 295—300 行）

诗人的描写如此精细，我们都能据以画出一匹骏马，"只差"最后一行，这一行的含义超出了可被轻易描绘和看到的部分，指向了不在坐骑上的骑手——阿多尼斯。我们不禁要问：他为什么不在坐骑上呢？是因为他太年轻，无法控制自己的激情（骏马这个意象便代表这种激情）？是他太刻薄，太冷静，不去放纵自己的激情？还是他太高傲，不肯屈尊俯就？莎士比亚笔下的阿多尼斯有点像个待解的密码，他是一个缺席的骑手。

我们同情哪一个？

我们在读这首充满对立与反差的诗时，很可能会问自己最该同情哪个角色。是维纳斯，还是阿多尼斯？回答并不像乍看起来那么简单。因为绝大部分诗行都在描述维纳斯的言行——她的求爱还被拒绝了，最后又痛失所爱——所以我们在阅读时，很容易主要通过她的视角看问题，尤其是在讲述者的同情之语鼓励我们这样做时。例如，诗中有个特别火热的场景，我们也可称之为维纳斯的假高潮——她出现了性交的错觉："此刻她陷入爱的角斗场、情的肉搏阵。"（第595行） 下文中，讲述者很快就提醒道："然而一切都枉然，好爱后，功夫全白费。"（第607行） 一句"好爱后"就使我们暂时站在了她的一边，因为"她发现他身上没现出任何暖热的迹象"（第605行），这一发现似乎让她想通过"不停亲吻"（第606行）来激发他应有的反应，就像是救他苏醒一般。

因为阿多尼斯异常沉默寡言，我们很难完完全全地，或者说充满同情地，通过他的视角来阅读这首诗。这种距离感是他的说话方式附带的特征，而不是他说的那几句有限的话的特征。他出去打猎前讲的那番话最长，确切地说，那就是一篇背课文式的演说——说话人太年轻了，对自己所说的话题知之甚少。

"爱情温存暖人心房，就像雨后的阳光；
淫欲急骤令人癫狂，犹如蔽日的雷暴。
爱情的春风和煦，将永葆新鲜与清爽；
淫欲的炎夏才半，凛冽寒风便已呼啸。
　　爱情饮食有节，淫欲饕餮无度速死亡。
　　爱情真心实意，淫欲东诓西骗满口谎。

我知道的还很多，但我不愿再多讲说。
这个话题很古老，讲话的人儿还太嫩。"

（第 799—806 行）

不过，在这段关于爱情与淫欲的儿歌式言论中，阿多尼斯并不像其中所说的那么一本正经或幼稚，这一部分是因为他对自我也保持了距离（他并未"嫩"到忽视了自己的年轻人身份），还因为，无论"这个话题"多么古老，它跟当下的情景也并非毫无关联。他的话在一定程度上是很切题的。对维纳斯来说，爱欲可能是多变的，但也是无休无止和无法控制的。爱欲的范围颇广，从无私的爱情到自私的淫欲，尽数囊括在内；前述引文中的"暖热的迹象"既意味着勃勃生机，但也有可能转而引发血腥的吞噬行为。事实上，在阿多尼斯将淫欲与饕餮联系在一起之前，讲述者已极端地将二人接吻时的维纳斯比作了贪婪的兀鹫（第545—552行）。这个比喻中所隐含的温存转化为暴力的潜势有增无减。同一意象将在《鲁克丽丝受辱记》中重现。

若用今天的说法——但要有一个反转——来形容阿多尼斯的困境，我们可以说：他是受虐者，维纳斯是施虐者。他在诉说自己需要时间成长，恳求维纳斯应允这一需要时，最能够激起读者的同情：

"美丽的爱后，"他说，"若你对我充满爱，
休怨我冷淡无感，因我未成熟太年少。
莫想与我来交欢，我不谙悲欢怀未开。
没有渔夫肯下手，将小小鱼苗一网捞。
　　熟透的桃李自然落，嫩果枝头牢牢挂，

青绿半生的强采下，苦涩无比酸倒牙。"

(第 523—528 行)

前三行有着直接的情绪感召力——带有戏剧台词的典型特征，舞台演出时或许能够表现阿多尼斯的成长过程。在诗中，"欢"的多义性非常关键：一层含义指他希望懂得的人生世事，另一层含义指维纳斯渴望跟他发生的性关系，他用前者阻断了后者。但是，在这里我们要放一放同情之心了，因为我们既要用心思考他的对手维纳斯的行为，也要着意理解诗中分配给阿多尼斯的那有限的几句话。接下来的三行诗用一系列谚语式的话语或证据关闭了机会的大门，使他无法进一步就他的成长进行自述。故事发展至此，出现了新的情节。读者无法再跟随阿多尼斯去探寻他的心路历程，就如阿多尼斯无处可去，也无法成长，只能去寻找那只野猪。

分离焦虑

二人分离的戏剧性时刻乃是提香那幅杰作的主题：维

纳斯身体扭转，极力阻止阿多尼斯离开，他俩的腿在朝相反的方向动，但脸庞却彼此相向，视线最后一次胶着在一起。而在莎士比亚笔下却没有这样的胶着。关于他们的分离，莎士比亚只用两行就写完了，他强调阿多尼斯挣脱了"那甜蜜的怀抱，/ 拉开了那双把他紧压在她胸前的玉臂，/ 面朝归途，穿过黑暗林地飞快奔跑，/ 唯留爱神仰卧在地，深深地忧伤哭泣"（第811—814行）。维纳斯成了被遗弃的情人，再次仰面而卧，却不再滑稽可笑；但莎士比亚本人对这一场景的处理也是游刃有余，整个描写精彩如画——柯尔律治[1]最先认识到了这一点。莎士比亚是这样描写的：

瞧！多亮的一颗朗星瞬间从天空划落！
如他从维纳斯的眼帘滑出被暗夜吞没。

她把视线投向他的背影，就像在岸上，
目送那刚刚登船的朋友，凝望他离去，
直至他的身形依稀，消失于潮涌波荡，

---

[1] 柯尔律治（Samuel Taylor Coleridge, 1772—1834）：英国浪漫主义诗人、评论家。

乌云滚滚四合，与那滔天浪脊勇相拒。
恰似这冷酷无情、漆黑一团的夜晚，
卷走她爱不够的人儿，赏不够的珍玩。

(第815—822行)

一位编辑就这几行诗写下了这样的评语：

这个魔法般的比喻巧妙地运用了从这个字：它暗示阿多尼斯的诞生源自维纳斯，正如流星源自天空，所以诗人从她的角度描写了这一场景；它还简单客观地暗示阿多尼斯从维纳斯的视野中溜走了。

为了充分说明这一点，我将这两行诗的下一节也引用进来。需要下一节来解析前两行，这颇不寻常，因为我们的眼睛追随着维纳斯的目光，越过她与阿多尼斯之间的距离，却只能参与到感受阿多尼斯从视线中消失的过程，感受第二个比喻那完全"冷酷无情"却仍华丽悲壮的终局。

在奥维德的诗中，阿多尼斯离开维纳斯后，这个故事很快就结束了。在他笔下，女神离去，阿多尼斯被野猪杀死；维纳斯立誓每年举行一次哀悼仪式，并在首次仪式时在他的血迹上洒下芳香的花蜜，他随即变成了银莲花。（斯宾塞会记得这一仪式，并将在《仙后》的"阿多尼斯花园"一章中描写这一年一度的仪式的举办情形。）莎士比亚的诗的结尾要比奥维德的诗那紧凑的结尾长10倍，实际上莎士比亚是以阿多尼斯之死为主题创作了另一首完整的诗，但这另一首诗并没有遵循文艺复兴时期寓言作家爱用的路子——他们用维纳斯代表地球，用阿多尼斯代表太阳，用野猪代表寒冬。更确切地说，维纳斯是莎士比亚这首诗的后半部分中唯一的意识活动发生地。她位于全场的中心点，基本类似于在《安东尼与克莉奥佩特拉》第五幕中，马克·安东尼已死多时，克莉奥佩特拉占据了全场的中心点。在莎士比亚的这部悲剧中，安东尼同死去的阿多尼斯一样，在被悼颂的过程中形象变得更加伟岸，与颂唱者的关系变得更为亲密。在莎士比亚设置的场景中，维纳斯孤身一人，近乎无限次地摆荡于对阿多尼斯命运的希望与绝望之间。她的举动甚至使她的身体出现了前所未有的脆弱无助："她一路奔跑，而身前浓密横生的灌丛/有的勒住她的脖子，有的猛吻她的脸，/有的缠住她的大腿，把她拦阻不许动。"（第 871—873 行） 她并非没有发出咒骂，那可是当时表达悲痛须遵循的惯例。但她咒骂的对象是拟人化了的死神——伊丽莎白时代人们最喜欢咒骂的对象。她的咒骂中有一句是预言形式的宣判，针对"爱的所有快乐"（第 1140 行）。也就是说，她的咒骂源于她激烈地表露出来的一种失落感，那是她在泪眼朦胧中受到各种情绪与因素的混合影响而产生的剜心剖腑的失落感，而不是源于被世家仇怨加重了的个人愤恨。与《维纳斯与阿多尼斯》大致创作于同一时期的《理查三世》中，那些悲恸的母亲就充满了这种愤恨。"千愁万绪在她那漫长的悲伤中冲挤，/ 像是在比拼哪股最适合代表她的哀恸。"（第 967—968 行）"哦！悲惨的世界，你失去了何等珍宝！／ 活人里面，谁有那动人心魄的绝世美颜？"（第 1075—1076 行）

暴力与野猪

如此浓重的悲痛令维纳斯哀呼，"从此后任是谁都不配戴软帽，佩面纱"（第 1081 行）。此前，她与那只野猪的两次相遇,构成了诗中"鹿园"之喻之后出现的最令人难忘的事件。莎士比亚将阿多尼斯受到的创伤移植到了目击者身上,这是他描写与极端暴力相关的心理过程的最早尝试之一。维纳斯两次看到了那只血淋淋的野猪,但她第二次看到时才意识到惨象造成的全部冲击和影响:她"瞥见 / 那污秽野猪已征服她粉嫩的可人儿, / 这一看,她双眼宛似遭屠戮, / 如群星不敢见白昼,逃之夭夭心惊怵"(第1029—1032行)。莎士比亚在后来的戏剧作品中手法更加娴熟,他利用剧场的空间手段和恍惚呓语的拟态功能来表现疯狂,奥菲利娅、麦克白夫人、奥瑟罗和李尔都是特别典型的例子。而在他戏剧生涯的早期,他倾向于用过于精确的描述将暴力情景具体化和戏剧化,例如,在《泰特斯·安德洛尼克斯》中,玛克斯用一种精雕细琢的方式详细描述了拉维妮娅所遭受的创伤。

《维纳斯与阿多尼斯》的叙事话语既受益于莎士比亚早期作品中将暴力审美化的实践,也展现了他后期作品中对精神错乱的表现手法的蛛丝马迹。我们是从何获知阿多尼斯之死对维纳斯造成的心理创伤的呢?不是通过错乱无序的话语,而是通过对她那悲痛欲绝的观看行为进行着重描述的一个叙事断裂。"壳形洞穴"之喻虽然有着精细的扭曲描写过程，但是——实际上也恰恰因这精细的扭曲描写过程——展现了她精神遭受创伤的漫长时刻。整个创伤过程包括三个诗节，在此过程中维纳斯试图逃避其双眼所见的惨象。她成堆地使用小句和明喻，通过描述各种政治和自然秩序剧变的词语来表达心灵的负担。读者在阅读时也能感受到这种重负。你可以想见，维纳斯不由自主地紧闭双眼，似乎就要眼前一黑昏死过去，而实际上这并未发生，因为闭目不看的行为只会让她内心产生一种更强烈的"动乱"感。已看到的极端惨象无法被隐瞒或抑制，她又睁开眼睛，她的目光像一盏聚光灯一样突然照亮了眼前的一切，整个场景宛如一幅卡拉瓦乔[1]的巴罗克式油画，带着种种艳丽的笔触和情欲的格调：

> 眼帘被打开之后，不情愿地射出光芒，
>
> 落在野猪獠牙豁开的又宽又深的伤口，
>
> 他那柔软的侧腹部，百合般洁白芳香，

---

[1] 卡拉瓦乔（Caravaggio, 1573—1610）：意大利画家，以其对宗教题材的现实主义描绘和明暗对比的创造性运用而著称。他所创造的强调明暗对比的画法为后来的巴罗克画家所仿效，成为巴罗克绘画的突出特点。

> 伤口如泣，紫红泪汨汨，把雪肤染透。
> 他身下的野花草丛，无论大小与品种，
> 莫不偷染他的鲜血，满地淋漓绽殷红。
>
> （第1051—1056行）

然而，莎士比亚并未就此停止描写维纳斯混乱的大脑所产生的幻象："她直勾勾地盯着他的伤口，目不转睛，/瞪到眼发花，似乎看到竟有三个伤口。"（第1063—1064行）他对野猪的描写也还没完：在维纳斯的眼中，野猪的形象从一个长嘴的龌龊野兽不可思议地变成了一头"爱意满满的猪"，它"无意中把长牙插入了他柔软的大腿根"（第1115—1116行）。批评家，尤其是最近的批评家，从未忘记指出此处同性之爱的意味："此诗中野猪和少年的结合，是文艺复兴时期诗歌中最露骨的性爱比喻之一，描写了男男的交合、长牙插入胯部、男性身体'植入'男性身体。"确实如此，但考虑到那句诗是维纳斯讲的话，那一幕也须被解读为在表达她对阿多尼斯（未实现）的爱欲——野猪对阿多尼斯做的事正是阿多尼斯没对她做的事。野猪成了她的情敌，三者形成了一种怪异的三角关

系。结果是,三者谁都未达到心满意足,而其中一人死了:

> "我必须承认,如果我也长着那种长牙,
> 在亲吻他的时候,必定先会把他刺死。
> 但他已经死了,再不能唤回。他未把
> 他的青春赐福我的青春,我更觉怆凄。"
> 　讲到这里,她双腿一软,扑倒在原地,
> 　白皙的脸上沾满了他渐渐凝固的血迹。

(第1117—1122行)

当然,维纳斯没有"长着那种长牙"。虽然她在诗中出现了种种男性化的行为,但我们最后一次得到提醒:她在生理结构上是位女性。在这首充满情欲替代和转移的诗中,权力和欲望始终相左;维纳斯可以扑倒在地,用阿多尼斯的血玷污她的脸,却不能在任何一种意义上令他"死"。

情欲的进一步升华

维纳斯的性挫败感贯串全诗始终——在一些读者看来，这首诗的结局显得很突兀——但其表现形式却越来越精彩。阿多尼斯像水蒸气一样消散了，地上冒出"一朵紫花……带有白色的花纹"。这朵花与阿多尼斯本人相似，但又不是他本人。维纳斯敏锐地意识到了二者之间的不同：

"可怜的花儿，"她说，"你长着父亲的容貌，
你真是又美又香，而你父亲更美更香，
每一次微小的悲伤都会令他流泪烦恼。
他曾希望，按着自己的节奏正常成长，
  你也如此希望。但要知道，你完全可以
  在我怀里老去，如你终将凋于他的血迹。"

（第 1177—1182 行）

性欲的升华还贯串于维纳斯向一个母亲的形象、一个悲伤的圣母转变的过程。这不仅表现在她把那朵花放在自

己怀里，而且表现在她可怜巴巴地认识到"他曾希望，按着自己的节奏正常成长"。怜悯随后变成了悲悯：

"看，你就在这空空的摇篮里安然入眠，
我这颗跳动的心会昼夜不停将你轻摇。
每时每刻，每分每秒，我都不会忘记
亲吻你，我甜美爱人留下的花儿后裔。"

（第 1185—1188 行）

最后，悲悯突转，变为塞浦路斯岛上的帕福斯——维纳斯的圣城。在那里，她"将闭门谢客，与世隔绝，再不把面露"（第 1194 行）。"她转过身去，赶快离开"（第 1189 行），或曰匆匆离去。这话直击人心，让我们联想到了全诗的开头，"面颊绯红的阿多尼斯赶着去打猎"（第 3 行），但同时也让我们想到这中间整个事件已经发生了多么剧烈的变化。

《维纳斯与阿多尼斯》全诗激情洋溢，而慰藉甚少。对维纳斯来说，除了一朵无名的花儿（诗中甚至不像奥维德的《变形记》中写到的那样，给它起名为银莲花），爱没有带来任何结果。然而对于读者来说,情况可能有所不同:我们可以把这朵花视为全诗的一个象征,一朵色彩斑驳、百情交集的花,一位现今大名鼎鼎的作家当年印刷出版的第一部作品。我们还应该记得,《维纳斯与阿多尼斯》显然是一首关于开端的诗,具体说来(更概括地讲,与《变形记》相一致),是一次对爱即"悲情"(第1135—1164行)这一思想的源头的追溯或阐释。在这方面,这首诗标志着作者作为诗人的蜕变的开始,同时也预示着这一蜕变,也就是说,他在"变形"为一名能从事"更严肃的写作"的诗人(关于"更严肃的写作",可参考他给赖奥思利的献词):莎士比亚——创作了悲情的《鲁克丽丝受辱记》的诗人。

《维纳斯与阿多尼斯》是一首奠基性的诗,其印迹将存留于莎士比亚后来的作品。维纳斯自己(至少)在《安东尼与克莉奥佩特拉》中变成了克莉奥佩特拉,也许因其喋喋不休在《亨利四世》(上、下)中甚至大变身为福斯塔夫,在《终成眷属》中化身为海伦娜,固执地追求着幼稚的、与阿多尼斯很像的勃特拉姆。阿多尼斯也将变身为莎士比亚十四行诗中的"美少年"和"好伙计",其中包括第94首十四行诗中僵化的贵族,变身为《亨利四世》(上、下)中精于谋划的哈尔,变身为"年轻人"科利奥兰纳斯,除了以上角色,他至少还将变身为莎士比亚早期的作品《李尔王》中起初说话草率的蔻迪莉亚。维纳斯连特德·休斯[1]所谓"全部存在之女神"的一半都算不上,但《维纳斯与阿多尼斯》这首诗却极为丰产,而奥维德的影子几乎伴随着莎士比亚戏剧创作事业的全程:在《暴风雨》(第五幕第一场第33—57行)中普洛斯彼罗对他的书进行告别讲话,这个情节就是以奥维德《变形记》第七卷第265—277行的内容为原型。莎士比亚把《维纳斯与阿多尼斯》的某些地方写得过于冗长——阿多尼斯不得不听维纳斯的长篇大论,他十分有理地对此感到厌烦,琼森通常也觉得莎士比亚要是能"涂掉一千行"就好了。尽管如此,《维纳斯与阿多尼斯》标志着莎士比亚闪亮登场,开始踏足印刷出版界。这一点,他最早的读者都认识到了。

---

[1] 特德·休斯(Ted Hughes,1930—1998):英国诗人。

第三章

《鲁克丽丝受辱记》

语境与来源

在《维纳斯与阿多尼斯》登记出版仅仅 13 个月后,英国出版同业工会(在莎士比亚生活的时代负责管理出版物的机构)就在 1594 年 5 月 9 日登记了"一本名为《鲁克丽丝遭辱记》的书"。没人怀疑,这就是莎士比亚的《鲁克丽丝》——其书名页上的标题就是如此。此书也称《鲁克丽丝受辱记》,因为书中每一页的顶部都印着这行字。它不仅明示了标题人物的名字,而且明示了诗中的主要情节。是不是因为《维纳斯与阿多尼斯》获得成功而迅速带来的经济收益诱使莎士比亚为"更睿智的人"又创作了一部更长、更严肃的叙事诗?不好说。但是鉴于剧场仍在关门歇业,16 世纪 90 年代文学界的很多因素可能起了作用,促使莎士比亚写一首关于"贞洁的鲁克丽丝"的诗,并使他像写《维纳斯与阿多尼斯》那样,同样使用文风华丽、活力四射、自觉为之且修辞考究的韵文。斯宾塞《仙后》(1590)的第三卷是献给年迈的童贞女王的。他明确表示,要用"贞洁传奇"来颂扬"荣光女王"。塞缪尔·丹尼尔的《罗莎蒙德的怨言》[1](1592)在出版时间、写作形式和体裁上都更新一些。诗中朗朗上口的激情独白是女性诉怨诗热潮中的一朵浪花。这一描写蒙冤受屈女性的热潮在 16 世纪 90 年代及以后持续存在,而莎士比亚的《鲁克丽丝受辱记》即便说不上是这一潮流的中流砥柱,也仍是对这一潮流的积极响应。安德鲁·马韦尔[2]创作于 1650 年左右的《仙女哀诉牧神之死》是这一体裁里自白类诗歌的后期作品之一,其手法纯熟,可谓已达极致。

关于《鲁克丽丝受辱记》的出版情形,有一点不同寻常,值得强调:1594 年四开本中明显有一些警句,即莎士比亚认为应该加上引号吸引读者注意的一些至理名言。例

---

[1] 该诗的主题是痛惜青春与美貌的消逝。
[2] 安德鲁·马韦尔(Andrew Marvell,1621—1678):英国诗人。

如,"雨水会侵蚀岩石,泪水却强化情欲"(第 560 行)。此句结构严密,似非而是,是谚语式的;在《维纳斯与阿多尼斯》中有个与之意思相同但说法不同的句子(第 200 行),但在排版印刷上没有作突显处理。《鲁克丽丝受辱记》中出现了这种新的做法,与莎士比亚在《维纳斯与阿多尼斯》的献词中暗示的即将进行的"更严肃的写作"颇为相称。警句的使用构成了《鲁克丽丝受辱记》与《哈姆莱特》的几个重要关联之一。就此而言,《哈姆莱特》是莎士比亚唯一一部超越了《鲁克丽丝受辱记》的作品。

　　创作警句这种新做法告诉了我们莎士比亚的什么情况?答案很可能是,他的作品的商业价值正在上升,他笔下的言辞语句不仅值得出版,而且值得铭记。《维纳斯与阿多尼斯》和《鲁克丽丝受辱记》很快将以更尊贵的八开本形式问世,并与奥维德的其他作品一起出现在圣保罗大教堂庭院中的约翰·哈里森(John Harrison)的书店里。此外,莎士比亚作为一名公开出版过作品的作家,此时还很有可能更充分地利用印刷出版媒介,甚至跻身"睿哲讲话人"之列——那是修辞学家乔治·普登汉姆奉送给警句写作者的称号。莎士比亚这样做的目的,是在读者对其诗歌的阅读和记忆方面寻求一定的控制。事实证明，他的冒险尝试很成功，效果立竿见影。1600年，第一本英国文学作品选集《英格兰诗坛：现代诗人佳句精选》出版。书中选录的莎士比亚佳句中，出自《鲁克丽丝受辱记》的占了最大比例（39条）。选自莎士比亚作品的所有佳句都标出了作者的名字，这对于一本作品选集而言也是相当不同寻常的。

莎士比亚作品与近代早期的阅读方式颇为契合，对当时的读者颇有吸引力。那时流行的文学阅读习惯与我们现在的文学阅读习惯差别颇大：他们重视书籍是因为书中包含了大量平凡的智慧，而不是因为书中有着独特或新颖的思想。这并不是说《鲁克丽丝受辱记》的原创性不强，而是说对于这首声誉如此关系重大的诗而言，注重平凡智慧的理念特别重要。你的名下会有哪些名言？历史将会如何看待你？你会为将来树立何种榜样？这些才是这首诗中关注的核心问题，它们构成了整个故事本身的一大组成部分，这一点可从文艺复兴时期洛伦佐·洛托[1]的一幅生动的油

---

[1] 洛伦佐·洛托（Lorenzo Lotto，约1480—约1556）：意大利文艺复兴时期画家。

画中看出端倪（图4）。画上是一位名叫鲁克雷齐娅·瓦列尔（Lucrezia Valier）的彪悍的威尼斯妇女，她举着一张画，画的是跟她同名的鲁克丽丝正手持利刃自尽。那张画的下方有一张纸条，纸条上是一句（来自李维[1]的）拉丁文，语气蔑视一切："鲁克雷蒂娅[2]决不受辱苟活。"

莎士比亚不可能见过这幅肖像画，但他可能从不同来源都读得到为人熟知的鲁克丽丝的故事：李维的《罗马史》、奥维德的《岁时记》、希腊历史学家和修辞学家哈利卡尔那索斯的狄奥尼西奥斯[3]的著作（罗马内战结束后他就生活在罗马）、英国同乡约翰·高尔[4]和杰弗里·乔叟的诗作、晚近出版的由威廉·佩因特（William Painter）翻译的李维等人的拉丁文经典著作英译本、保卢斯·马苏斯（Paulus Marsus）对奥维德《岁时记》的学术性评注等等。保卢斯·马苏斯评注的奥维德《岁时记》可能是莎士比亚最方便使用的取材来源，因为书中页边空白处还列有马苏

---

[1] 李维（Livy，公元前59—公元17）：古罗马历史学家，著有《罗马史》。
[2] 鲁克丽丝（Lucrece）和鲁克雷齐娅（Lucrezia）分别为古罗马女子名鲁克雷蒂娅（Lucretia）的英语化和意大利语说法。
[3] 哈利卡尔那索斯的狄奥尼西奥斯（Dionysius of Halicarnassus，约公元前60—约前7）：古罗马时期的希腊历史学家、修辞学家、文艺评论家。
[4] 约翰·高尔（John Gower，约1330—1408）：英国诗人，乔叟的朋友，一度与乔叟齐名。

图 4. 洛伦佐·洛托,《一位手持鲁克雷蒂娅画像的女士》,约 1530—1533 年

斯汇编的一些李维和狄奥尼西奥斯的作品。换言之,对于当时受过教育的读者来说,获知鲁克丽丝的故事并非难事。鲁克丽丝的故事也引起过一位影响极为深远的阐释者的关注。改信了基督教的奥古斯丁[1]在《上帝之城》中质疑罗马人为何会褒扬鲁克丽丝自尽。在他看来,她采取如此极端

---

[1] 奥古斯丁(Augustine of Hippo, 354—430):早期基督教神学家,北非希波主教。

的方式来捍卫自己的贞洁声誉，不恰恰骄傲地突显了她对那些世俗烦扰的恋恋不舍吗？奥古斯丁的这一观点直到进入 17 世纪后很久还有很多支持者。

　　莎士比亚的《鲁克丽丝受辱记》的取材来源是哪个？他在多大程度上取用了该来源的内容？这向来是个聚讼纷纭的话题。他可用的取材来源不少，每个又各有侧重：李维的《罗马史》侧重罗马城的历史，奥维德的《岁时记》重点表现了情感的诱惑力，乔叟的诗则强调了鲁克丽丝作为忠贞妻子的楷模地位。由于整个"传奇故事"属于历史或悲剧范畴，而非神话范畴，莎士比亚很可能不愿按照《维纳斯与阿多尼斯》式的激进路子来改编鲁克丽丝的故事。本诗中的人物没有出现性别偏离。不仅如此，他还对故事的已知梗概有所拓宽和深化，甚至在某些情况下有所更新，按己所需进行了选择和扩展，以满足该诗的风格与主题要求，达到读者的期望。结果是，这首叙事诗将《维纳斯与阿多尼斯》中情欲的两个极端完全翻转了过来。它交代的不再是一个少年郎被一位更为强大的女神追求而无果，而是一个有权有势的王室贵族成员追求一位年轻而贞洁的有夫之妇，并满足了欲望。但这首诗在许多方面也胜过了《维纳斯与阿多尼斯》，因为在《鲁克丽丝受辱记》中突显的新意义是思想活动比身体活动更加重要。《鲁克丽丝受辱记》是一部充满深沉思想的诗，诗人对施害者和受害者的心理都进行了深入而专注的探索，甚至比他在戏剧中进行的探索更加深入，更加专注。反观成为他取材来源的那些作者，他们并未进行过这类探索。

露骨的内容：建议读者谨慎阅读？

　　《鲁克丽丝受辱记》不适合胆小的读者。这首诗在发表时间、故事发生地上，与血腥暴力到令人发指的早期罗马剧《泰特斯·安德洛尼克斯》是姊妹篇。有人可能会希望阅读后者前能有个警告提示；虽然阅读《鲁克丽丝受辱记》前不需要警告提示，其内容和叙事模式也足以令读者心惊肉跳。诗中讲的是鲁克丽丝惨遭塞克斯特斯·塔昆尼乌斯野蛮奸污，并承受了极度痛苦的后果。塞克斯特斯是最后一位传说中的罗马国王（公元前534—前510）卢修斯·塔昆尼乌斯之子。全诗共1855行，强奸事件发生在开篇后刚三分之一处。诗中使用的是"君王诗体"。这是一种复杂的七行诗节，通常用于崇高的或英雄的主题，而非《维纳斯与阿多尼斯》所用的形式更普通、节奏更快捷的"六行诗"。《鲁克丽丝受辱记》中包含的事件很少，也就是说，几乎没有什么行动或"情节"，但对话很多。

事实上，本诗背后的故事产生于一场男性武士之间的吹牛比赛。从正式意义上讲，"争论"也是诗中的一个关键词。鲁克丽丝和塔昆[1]就强奸将产生的后果争论了很久。强奸案发生后，鲁克丽丝开始发出长长的套话迭出的悲叹，徒劳地指责夜晚、时间和时机。她在遭辱后的痛苦沉思中做了一番工笔描述（即在一首诗中生动地描述某件艺术品），将她的痛苦遭遇与特洛伊战争的宏大主题联系了起来。《维纳斯与阿多尼斯》中只稍用了一点工笔描述来描写视觉艺术，而《鲁克丽丝受辱记》中则大段大段地进行工笔描述。此举暗含着一个假定：读者很熟悉荷马[2]那奠基性的传奇《伊利亚特》。在《鲁克丽丝受辱记》一诗中，讲述者同样浓墨重彩，且非三言两语可以说清。他始终对

---

1 即塞克斯特斯·塔昆尼乌斯。
2 荷马(Homer,活动时期公元前8世纪)：古希腊诗人，传说是神话史诗《伊利亚特》和《奥德赛》的作者。

鲁克丽丝充满同情,有时还竭力为其辩护。他将施害者和受害者分得明明白白,但也很清楚自己讲述的故事中有哪些深层次的阴暗面和人物瑕疵。在前180行诗中,他是唯一的说话人。相比之下,在《维纳斯与阿多尼斯》中,维纳斯在第二节就开始向阿多尼斯求爱了。《鲁克丽丝受辱记》在很多方面令读者筋疲力尽。这首诗不仅大量堆砌辞藻,而且还将其用到极致,不断地挑战语言的极限。看官自慎之!

虽然诗中存在种种挑战,这首在16世纪末被人说意在取悦"更睿智的人"的诗,进入21世纪以来仍是如此。最近,有位编辑写到,《鲁克丽丝受辱记》"现在是被研讨得最为全面详尽的英语诗之一"。(那个带"尽"的词又出现了。)对该诗的重新评价很大程度上是由于(但不限于)20世纪80年代初以来女权主义学者对它的兴趣激增:他们不仅关注强奸事件的即时发生环境和女主角的命运——对她的自尽是否应该像洛伦佐·洛托的画作所呈现的那样进行解读,将其视为她的意志(这是诗中的一个关键词)在一个明明白白的父权制世界里的胜利宣示,而且(与上述主张相对)关注更宏观的历史叙事在多大程度上包括并从而容纳了她所遭受的暴力，使广大妇女在据称是鲁克丽丝之死所开启的共和时代中仍然处于边缘地位。我们也许会把维纳斯大胆放言性欲的举动视为暂时的解放，视为乡村绿野释放出来的一口新鲜空气——莎士比亚的喜剧中经常会有这种情节，但这种解放只是一种有限的、个人的特立独行，与政治的宏观体系无关。相比之下，《鲁克丽丝受辱记》则强烈坚持主张：我们应该从社会的角度看待个人的遭遇。社会与个人这两个领域并存而又相互影响，常常产生灾难性的后果：对鲁克丽丝而言就是如此——塔昆闯入了她的家，她的深闺；对塔昆而言也是如此——鲁克丽丝最终站出来，令罗马城公众怒火沸腾，立誓为她报仇雪恨。

让故事生动可视

文艺复兴时期有以鲁克丽丝为题材进行绘画创作的传统，相关作品颇为丰富。我们可以从其中几幅画作中看到人们对公共与私人空间问题的一些态度，这些态度之间形成了鲜明的对比；我们还可以从中看到，这些态度中包含了对解读这首诗的种种重要暗示。一方面，波提切利[1]的名画《鲁克雷蒂娅的悲剧》（约1496—1501）提供了一个冷静描绘、精心布局的事件全景图（图5）。我们看到，在这幅画中，鲁克丽丝在整个建筑外围的、私密的、封闭的耳房里惨遭奸污，事后内心遭受痛苦的折磨，而更大的中心空间画的是她的死亡在公民中引起震动的场面。鲁克丽丝的尸体上仍然插着利刃，平躺在一个石棺上，被武士们围着。在她身体正上方的一条垂直线上，在一根柱子的基座上，出现了挥剑而立的卢修斯·尤尼乌斯·布鲁图。他像是从鲁克丽丝的子宫出生的，看起来几乎是浮在空中，宛如一个复仇天使。他的剑尖向上，指向大卫打败歌利亚的雕像，其上则是一个罗马拱。强奸事件并没有被从画中抹去，而是已经被更宏大的历史叙事所取代，后者对佛罗伦萨共和制的建立非常重要。

另一方面，半个多世纪后，提香那幅高度戏剧化的《塔昆与鲁克雷蒂娅》（约1571）却只集中描绘塔昆在鲁克丽丝那充满幽闭恐怖气氛的私密闺房中向她发起袭击的

---

[1] 波提切利（Sandro Botticelli, 1445—1510）：文艺复兴时期的意大利画家，佛罗伦萨画派的代表。

图 5. 波堤切利,《鲁克雷蒂娅的悲剧》,约 1496—1501 年

一刻（图6）。房间里塞满了卧具和枕头；厚厚的天鹅绒帘子挂在后墙上，但帘子的左下角被掀起来了，不是为了让光线进来，而是为了展示另一个观看者——第二个观看者，因为这里所表现的窥淫癖行为反映了我们自己的偷窥行为。我们窥视一个富裕家庭里的某个私密空间，却看到它的主人身处险境，毫无自卫能力。她身上没穿衣服，事实上，这更衬托出她的脆弱无助；而二人的身位布局，特别是塔昆的膝盖，从男性的角度来看，加剧了画中暴力的情色意味。与波提切利画上那理性化的空间感相比，提香画上的私密空间中充满了活力、情感和危险。

莎士比亚像波提切利一样，关注更广阔的罗马史框架。全诗的结尾是布鲁图拔出"鲁克丽丝身体一侧的刀子"（第1807行），从而掌控局面；这时他抛弃了以前为逃避塔昆家族的注意而装出的一副傻瓜相，同时又披上了一种马基雅维利式的伪装。莎士比亚在此前不久刚完成了一部典型的马基雅维利式的剧作《理查三世》，他在《鲁克丽丝受辱记》中写布鲁图迅速召集起周边邻近的群众（"勇敢的罗马人"［第1828行］）的场景时，对他取材来源的故事内容大大添油加醋了一番。这些罗马人一起抬着鲁克丽丝的

图 6. 提香,《塔昆与鲁克雷蒂娅》,约 1571 年

……鲜血淋漓的尸身游遍罗马城,

公布塔昆的污秽罪行,让全城看清楚。

他们的果断行动,激起大众振臂高呼,
罗马人纷纷顿足擦掌,立即一致决定,
将塔昆家族驱逐离境,从此永远除名。

(第1851—1855行)

这是全诗那寥寥数行却表意高效的结尾。对抬着她"鲜血淋漓的尸身游遍罗马城"的场景的强调,表明莎士比亚有意在诗中营造舞台演出般的场面;罗马人对他们的行动交口称赞,一致同意将塔昆家族驱逐出城,这同样表现出了强烈的画面感。与此同时,"公布"(publish)一词的使用暗示了我们如今使用的"出版"(publication)一词及相关概念"作者"(authorship)的意义的形成。鲁克丽丝被示众的尸身是对塔昆的罪行的公布,这在此诗的读者、作者及女主人公之间建立了一种情感纽带;作者和女主人公都参与了共同创作的过程。诗的前文中提到,她找出了"纸、墨、笔",给她夫君写信(第1289行)。莎士比亚将一件私事在公共视域之中的曝光作为诗歌结尾,以此来吸引读者思考对诗中历史性问题广阔的回应空间。实际上,这一问题将在其历史性续作《尤力乌斯·凯撒》——布鲁图的后代马尔库斯·布鲁图是全剧中心——中得到更充分的实际展现。1599年，环球剧场开张，《尤力乌斯·凯撒》上演，舞台上将呈现另一具尸体（凯撒的尸体）鲜血淋漓的场面。讽刺的是，这个场面此时却被马克·安东尼用来反对共和制的拥趸们。

  为了使这首诗的罗马史背景框架更加清晰可见，莎士比亚或印刷商在诗的开头还加上了一篇散文体的"情节概要"，其中大部分内容基于李维的著作。"情节概要"中列出了邪恶的塔昆家族的谱系，指出了主要人物的名字，并总结了故事情节。它开头提到武士们就自己妻子的行为立下赌约，结尾时提到鲁克丽丝自杀所带来的政治变革，变革中"国家统治者从国王变成了执政官"。也就是说，这变革不仅仅是将塔昆家族逐出罗马。文学研究者们——虽然不是所有文学研究者都如此——认为这是个证据，表明莎士比亚对共和派萌发了同情之心。然而，从许多方面来看，这件事都颇为复杂。例如，那篇"情节概要"可能并不是莎士比亚写的；能够佐证当时英格兰存在共和思想的证据极为稀少；而且有观点认为，诗中（最值得注意的是鲁克丽丝的话中）政治议论的核心议题是好君主和坏君主的区别,而不是用一种政体替代另一种政体。但即便这首诗触及了伊丽莎白时代英格兰的一个热点问题——君主年迈,王权继承问题迫在眉睫——莎士比亚的主要兴趣点仍在这桩强奸案的内情上:其动机、后果,包括鲁克丽丝如濒死高歌的天鹅一般,痛苦地向一大群听众讲述她遭到奸污之事时的痛苦挣扎(第1604—1660行)。事实上,莎士比亚与他所借鉴的前辈作者们的最大差别就在于对鲁克丽丝可能经历的那个世界的探索上。我们仿佛透过一扇窗看到了塔昆是如何"注视"鲁克丽丝的,看到了她的所思、所言、所见和所为等反应。

进入正题

这首诗同《维纳斯与阿多尼斯》一样,开头从情节中间开始叙述,文字铺陈同样严谨细密,但质感却不同,它不是偏向挽歌的风格,而是在郁积情欲的力量:

塔昆急匆匆离开那重围下的阿尔代亚,
长着骗人翅膀的情欲驾驭了他的魂魄。

他怀着炽热的淫念,将罗马兵团抛下,

驰向科拉提亚,带着闷燃的无光之火,

潜伏在苍白灰烬底下,正待熊熊烧灼,

　喷吐出烈焰飞腾翻滚,誓将环环紧抱

科拉廷的贞洁娇妻,鲁克丽丝的纤腰。

(第1—7行)

时间和空间在此诗中被高度压缩,所以我们首先需要搞清楚自己身处何时何地。这里提到的阿尔代亚古城位于罗马以南20英里处,离地中海不远。此诗开篇时(约公元前510年),罗马人在其国王——"傲慢王"卢修斯·塔昆尼乌斯的领导下,已经对阿尔代亚进行了长久的围攻。他的儿子就是本节中提到的塔昆。第四行中提到的科拉提亚位于罗马东北方约10英里处,鲁克丽丝就居住于此,该城现已不复存在。当时,科拉提亚是鲁克丽丝的丈夫科拉廷的采邑。(有点麻烦且令人困惑的是,他的全名是卢修斯·塔昆尼乌斯·科拉廷乌斯。)

此诗的语言也非常紧凑。阿尔代亚的读音听上去像是ardor(激情),这种语音上的关联很快就将在两件事的相似性上展现出来：塔昆既攻打了这个被围困的城市，也打破了鲁克丽丝的贞节，这两件事颇为相似。这种关联在后文工笔描述的特洛伊遭劫的故事上又将得到呼应，变得更为复杂化。在阅读本节诗中关于速度和欲望的描写时，本诗读者中那些"更睿智的人"还有可能会想到，"强奸"（rape）和"迅速"（rapid）与拉丁语词"强夺"（rapere）有着共同的词干。时间一向是莎士比亚极为看重的一大因素。在此诗中，时间像所有的事件一样，围绕强奸案展开。在读者的主观体验上，时间先表现为"怀着炽热的淫念"的塔昆那汹涌不停的情欲，后表现为遭到强暴的鲁克丽丝那绵绵不绝的悲叹，直到自杀将其悲伤终结。在这一刻，时间突然从个人的、主观的经验一变而为王朝事件：布鲁图将鲁克丽丝用以自尽的刀子（刀子是一种象征，延伸着塔昆对她造成的伤害）从她身侧拔出，然后在其他哀悼者的簇拥下，以亲吻"那把致命的利刃"（第1843行）来宣誓复仇。

　　诗中有许多非比寻常的使用语言变形技巧的现象。前述引文中出现了该现象的第一个例子：矛盾语"无光之火"。起初，因为"带着"一词的存在，这个短语似乎在暗示塔昆拿着一支火炬照亮夜路。很多人就是这样解读这段诗文的。但莎士比亚实际上从未提到具体时间是白昼还是黑夜，也没提到塔昆此行走了多远，这是因为他在写作此诗时头脑中另有想法。"无光之火"是对塔昆的淫欲的隐喻：没有理性或见不得光的激情——他内心的余烬急不可耐地潜伏着，等待着时机，好爆发成一股烈焰，将鲁克丽丝的"纤腰"（她的紧身褡）紧紧围绕，环环紧抱。去掉那个多出来的押韵行"潜伏在苍白灰烬底下，正待熊熊烧灼"，把这一节读成"六行诗"试试，你会发现语言的力量减弱了；或者更确切地说，减弱的力量就"潜伏"在多出来的这行诗中，"潜伏"在将"魄"（desire）、"火"（fire）、"灼"（aspire）联系起来的由韵脚所结成的邪恶三元整体之中。（"潜伏"一词在诗的下文中还会再出现几次，非常重要。）换言之，无论塔昆去往何处，无论是白昼还是黑夜，他都会随身携带"无光之火"这支火炬；只要轻轻一碰，它瞬间就可燃烧起来："我用这冰冷的火石一下燃起了这股火，/鲁克丽丝也必须满足我的欲望不能躲。"（第181—182行）他在准备沿着走廊走向她的房间时，嘴里念叨着这些冷森森的言语。这是他的行动格言。

塔昆是一颗等待爆炸的定时炸弹（我来了，我见了，我征服了），是一个竟甘于为"一个梦、一口气、一个片刻欢乐的泡沫"（第212行）而不惜令自己和家人蒙羞的无耻士兵。讲述者早就告诉我们，他的欲念是被鲁克丽丝的美激发的，这就为眼睛将在此诗中所起的点燃作用奠定了基础；在诗中，连眼泪都被惊人地比作烧毁特洛伊的"无法熄灭的火球"（第1554行）。但塔昆的欲火也受到了耳朵的刺激：他听到了她丈夫科拉廷"赞扬"她，说她出了名地贞洁。莎士比亚也在一开始就对我们明示了这一点，从而突出了他对语言这一诗歌媒介的兴趣，以及语言在传达情欲中的复杂作用。语言不仅激发情欲，而且必须能够完成更具挑战性的任务——为情欲的余孽赎罪。鲁克丽丝将认识到这一点。

塔昆提到了丈夫"赞扬"妻子这件事，为此诗注入了一种雄性争偶的意味，并暗示，科拉廷"公布"他本应保守为私人秘密之事的做法有点蠢，即使算不上罪行。虽然科拉廷没被戴绿帽子（因为鲁克丽丝未受引诱，虽然塔昆提出了绿帽子这个话题），但他要对整件丑事负间接责任，而对诗尾所述的被修复了的一切无所贡献。文学研究者们经常强调：鲁克丽丝生活在一个父权制社会中，她对贞节的坚守及对自己"宝贵"贞操的言说又强化了这种社会结构的影响。但是，当我们阅读此诗时，尤其是读到诗末部分鲁克丽丝的父亲和丈夫在她的尸体前比拼谁更悲痛时，我们很难认为莎士比亚完全认同罗马主流文化中将妇女——起码是鲁克丽丝这名妇女——视为私产的观念。在他笔下，尽管鲁克丽丝从未放弃自己作为科拉廷妻子的身份，但她拥有充足的机会来对我们这些读者讲话，即便这些话不是讲给诗中的罗马公众听的。

塔昆是文艺复兴文学中常见的那种武士，说起话来文质彬彬，但做起事来残暴无情。他野心勃勃地想着打败科拉廷，占有王冠宝石般的鲁克丽丝的贞操，很像莎士比亚早期历史剧中的许多野心家。为了戴上王冠，他们甘愿杀戮国王。与塔昆很像也有更不可一世的反派野心家，如马洛笔力一流地刻画出的帖木儿大帝——他为了得尝俗世王权的甘美而不断地追求，还有莎士比亚笔下在政治上怀有野心的麦克白，他在去杀邓肯的路上提到"塔昆的奸淫步伐"。《麦克白》是莎士比亚在10年后以苏格兰为故事背景创作的戏剧。在创作这部剧时，他很可能一直在回忆自己 10 年前在诗中进行的描述——塔昆迈着"悄无声息的步伐"沿着走廊朝鲁克丽丝的闺房走去,因为这一场景是全诗尤为生动、令人难忘的时刻之一。不过,即便如此,剧中所写还是有所不同。

作为剧作家的莎士比亚有意改换了"步伐"的说法的意图,以匹配《麦克白》的忙乱节奏和戏剧情境,那充满性意味的、杀气腾腾的情节在主角出场之前就已展开了。而在《鲁克丽丝受辱记》一诗中,提及"步伐"这一说法时,塔昆基本没有大步前进,而是因害怕自己的行为将给自身和自己的后代带来耻辱而几乎迈不开腿,只能在走廊上蹑手蹑脚地挪动。他同麦克白一样,内心也反复默念了许多反对自己此刻行动的理由,但塔昆乃是听从自己意志与肉体欲望的人。他的行为常被比作野兽或猛禽的行为。他粗野无礼,是被上帝摈弃的人——我们借用几个当时神学话语中的说法,虽然这说有时代错误;而诗中的谴责之语为羞耻注入了罪恶感,从而深化了魔与圣的对立。

正如塔昆是个典型的武士,鲁克丽丝是有所变化的文艺复兴时期的理想贤妻。我们发现,她贞洁又顺从,却并不沉默寡言。事实上,她在失贞之前是一个"真正典型"

的"贞德贤妻",她被塔昆"夺去贞操"之后(第1047—1050行),才痛苦地回忆起自己的这一身份。她思想如此纯真,无法发觉邪恶。这一纯真的思考习惯只有在她看特洛伊陷落故事时体会到的强烈情感压力下才会改变。从前,她尚处在"黄金岁月"(第60行)时,她的谦逊与美貌——她的白皙与红润——完全交融为一。然而,这两种颜色也颇为脆弱,无力自卫;事实上,二者并未深深地联结在一起,而是紧张地彼此打量。因此,从某种意义上说,二者还总是面朝着错误的方向,看不到潜藏的危险:"它俩的统治都非常强悍,/王位经常在二者间轮换。"(第69—70行) 鲁克丽丝是塔昆这头狼的羔羊——诗人再次借用《圣经》中的比喻来加重邪恶的气氛,却没把诗变成宗教寓言。她的堡垒毫无防备——又一次换用了比喻。我们很快就发现,在做出奸淫之事前的几次犹疑举动之后,塔昆轻松地侵入了她的闺房。那吱嘎转动的门、门上的锁,尤其是灯芯草垫上预示不祥的鲁克丽丝的手套,所有这些"障碍"都只能极短暂地妨碍色令智昏的塔昆,且令他更加欲火中烧,并最终使鲁克丽丝对于她本人和科拉廷而言成了一个"弃妇"。

鲁克丽丝的闺房

塔昆走到鲁克丽丝的内室时,时间看起来几乎停住了。这正是全诗的关键情节。(莎士比亚将在之后创作的《辛白林》第二幕第二场中回顾这一幕,但其视角比本诗的视角更为优雅诱人,结局也有所不同。)像提香的画所描绘的那样,这里所有的人物都处于极度紧张的状态。此场景高度(实际上是过于)戏剧化,开头的情景是塔昆"滚动他头上那双贪婪的眼珠"(第368行)。提香的画令观看者从隐秘的视角窥见塔昆强暴鲁克丽丝的情景,他是通过一个掀着帘子的偷窥者形象引导观看者意识到这一点的。与提香的画相比,我们在本诗中看到,塔昆在贪婪地观看鲁克丽丝。我们甚至看到他拉开帷帐去看她的眼睛。莎士比亚在此处的描写手法是将性事客体化的手法——女权主义哲学家有时这样称呼它——而非客观描写性事的手法。我们在观看的是鲁克丽丝被客体化,而不是在观看她那作为性欲对象的身体本身。这种描写手法同时产生了疏离和干扰的效果,似乎我们是通过塔昆"贪婪的眼珠"看到了这个场景,但又常常觉得鲁克丽丝的形象模模糊糊或有所遮挡，就像某个演员挡住了看向舞台的视线一般。

来看这段（恶）名声昭彰的对鲁克丽丝乳房的描写：

她的双乳宛如蓝色环绕的象牙圆球，
这一对无人征服过的纯洁处女世界，
除了它们的君王，未由他人相蹒跚，
它们真正敬从的唯有他，誓约不亵。
这纯洁世界令塔昆更燃起雄心狂烈。
  他如同一个龌龊的僭主，准备下手，
  赶走这美丽王位的君主，片刻不留。

（第 407—413 行）

这些景象让人迅速浮想联翩，但没有一个想法是完全色情的。关于这一点，学者们的大量注脚可资证明。这同《维纳斯与阿多尼斯》的"鹿园"之喻形成了鲜明对比。实际上，在下一节中，莎士比亚转向了注解这一话题本身。这样一来，他通过强调塔昆的心怦怦狂跳，悸动不已，进一步打断了一个可能非常色情的场景，即声名狼藉的"男性凝视"：

他能看到什么,而强烈地注意到了?

他注意到了什么,而强烈渴望得到?

对于所看到的,他勇往直前沉溺不舍,

情欲驱使他淫荡的双眼饕餮而不餍饱。

何止爱慕,他贪赏着美妙,如火燔烧,

　　她脉色蔚蓝如天,肤若凝脂玉肌光洁,

　　她双唇红似珊瑚,面靥含情下颊雪白。

(第 414—420 行)

　　我们可能会注意到诗文的修辞效果:随着"什么"每重现一次,塔昆就在欲望的阶梯上爬升了一级。(确实,我们怎么可能注意不到呢?)这一修辞效果是作者有意为之。我们感受到了修辞语言表达出的塔昆那步步高涨的欲望,意识到了他的危险性。然而,在这个僭主兼商人总结贪婪的眼睛所见之物的价值时,莎士比亚通过对塔昆的情欲进行精确的注解,将我们的注意力从鲁克丽丝的身体上转到了塔昆的身体上。对塔昆来说,她光洁雪白,价值巨大;实际上,她的价值体现在更多方面,超出了他此时的理解,因为他作为"一个被俘的胜利者,在获胜之时已经失败"（第 730 行），他自身的失败直接隐含在她的失贞之中。

莎士比亚的这首诗——特别是那 300 行左右描写塔昆对鲁克丽丝施暴前的言行的诗文——将塔昆的罪行描述为引诱失败，引诱失败后的施暴行为则象征着性挫败本身。正如其杰出的第 129 首十四行诗所示，莎士比亚更感兴趣的是剖析"性欲的凶烈"（第 424 行），而不是故事潜在的色情性质——在传统的视觉艺术中，这个故事常被表现得很色情。在第 129 首十四行诗中，性是"才尝得云雨乐，转眼意趣休"；《鲁克丽丝受辱记》同样突显了欲念煽起的快感中内含的冷漠讽刺和虚幻性质。二人的交谈进一步消解了引诱的可能性：塔昆的劝诱中掺杂着及时行乐的套话和毫不掩饰的武力胁迫。他威胁说，如若鲁克丽丝不从，他将羞辱她和她全家，所用手段包括杀死一个奴隶并将其尸体放在她的床上（以此污蔑鲁克丽丝与奴隶通奸）。对这些粗野之言，鲁克丽丝"谦逊而雄辩"（第 563 行）地予以回击，她诉说了塔昆的行为将会如何被其他人"解读"为暴君行径，而非国王所为。"谦逊而雄辩"这一说法本身即使没有自相矛盾，也很不寻常。当然，她不过是在故作镇定罢了,因为她只是搬用了文艺复兴时期政治哲学中为人推崇的一句陈腐之谈。实际上,如果塔昆肯听她哪怕半句论理的话,他一开始就不会出现在那里——她的卧室。虽然争论只是一种唇枪舌剑的行为,但二人的对话并非毫无意义。它们强化了诗中的一些重要观点,特别是这个观点:被罗马文化视为丑事发生地的处所,在伊丽莎白时代的人看来仍是如此。对鲁克丽丝而言,更重要的是,通过将思考范围拓展到卧室之外,将政治大事与个人行为联系起来,她暗示了自己将会成为一个坦率直言的女人。

塔昆强奸鲁克丽丝的场景本身是高度压缩的,其视觉图像是模糊的——这个场景必须这么写,这和电影意象进行特别切换时的模糊处理相类似,但又让我们对所发生的事基本确信无疑:

> 饿狼攫取了猎物,可怜的羔羊哭喊。
> 直到她的声音被自己洁白的绒毛窒息,
> 她双唇被牢牢压住,埋葬了那声抗议。
>
> 她身上的布单被他变成封口的利器,

她可怜的呻呼,被深压进头脑之中。

她那优雅的双眸已变成悲伤的泪泉,

那纯洁的凄泪洗凉了他炽热的脸孔。

啊!淫欲横冲,玷染了这净床的贞容!

　倘若悲泣能够彻底清除那斑斑污迹,

　她将永世哀恸,珠泪滚滚连绵不息。

(第677—686行)

我们发现,洁白的绒毛并不是指羔羊的毛,而是一种隐喻,指的是鲁克丽丝的床单。塔昆用床单捆住她的嘴巴,以阻止她哭喊出声。有人认为,"她双唇被牢牢压住"是在描述塔昆侵犯她的行为。这样看的话,她未能喊出声一事则在整个过程中具有了更加关键的意味。

这紧缚的压抑感在继续——诗中似要提到鲁克丽丝的衣服,却又转为她的布单,被埋葬了的那声抗议的哭喊此刻变成了"被深压进头脑之中"的"可怜的呻呼"。原本的一声哭喊骤增为头脑之中不断的呻呼,且从肉体上迁移到了头脑中或心理上。在某种意义上,这种头脑中或心理上的呻呼持续全诗。我们还发现,令她陷于紧缚状态的是塔昆，而此处莎士比亚再次使用移换笔法，表面描述的是鲁克丽丝纯洁的眼泪冷却了塔昆灼热的脸庞，实则写的是他们的性行为。此外，接下来多出来的那行与前句押韵的诗有着额外的意义（这种情况也不是第一次出现了）：句首那个令人一惊的顿呼意味着狐疑的讲述者此时到达了现场；句中将平伏的塔昆凝缩为"横冲"的"淫欲"，将平躺的鲁克丽丝凝缩为曾经贞洁但现已被"玷染"的床。

然而，莎士比亚的语言游刃有余。自己被玷污了这个问题很快就会成为鲁克丽丝思考的主题。事实上，这个问题分出了千枝万节，占据了她的整个脑海；而塔昆将迅速从诗中消失，成为一个过去的阴影，仅仅在鲁克丽丝的思考中出现。

> 他，像条行窃的癞狗悲哀地爬起身来。
> 她，像只疲惫的羔羊躺卧剧喘着粗气。
> 他怒气冲冲，直恨自己这般为非作歹。
> 她绝望难耐，用指甲抓破自己的肉皮。
> 他虚弱地离开，又愧又惧，大汗淋漓。
> 　她躺在那里，呼喊着这一夜多么惨烈。

他边跑边自责那可厌的快活早已完结。

（第 736—742 行）

这里用了一系列鲜明的对比，乃是高度模式化的修辞。这些排比的诗行宣称，塔昆和鲁克丽丝二人现在都被羞耻感所笼罩；这些排比句还宣示了他俩对各自所处的新情境的不同反应，二者的反应形成对比。她还躺着，他却跑了；诗中写的是她，不是他。

"她厌恨自我"

莎士比亚用了 1000 多行文字来描写鲁克丽丝在遭到奸污之后、自尽之前的心路历程与所作所为，这可谓是一个相当惊人的大跨度的衔接。在李维和奥维德笔下，以及本诗中的"情节概要"部分，悲伤的鲁克丽丝派人去叫回科拉廷，以实施复仇。然而，莎士比亚的这首诗还显露出受丹尼尔《罗莎蒙德的怨言》影响的痕迹：在此诗中，鲁克丽丝的悲痛扩展成为一个巨大的创伤，突显了她此时面对的身份危机——她曾是科拉廷的贞洁娇妻，那时她的身与心同样宝贵（第1163行），而此刻她失掉了这个单一的身份。此诗基于取材来源的故事内容进行内心描写的这种做法，很可能会让我们联想起哈姆莱特在思索复仇时那迷宫般曲折的浮想联翩，还有工笔描述在这一过程中将起到的类似的作用，因为在一定程度上讲，鲁克丽丝和哈姆莱特二人的死亡情节均以着重描写特洛伊陷落故事的插叙为枢轴展开。

但是，当然了，二人的故事在内容上差异显著，在讲述方式上也大不相同。在哈姆莱特的故事中，他考虑的是怎样确定鬼魂所言属实。他这个问题在很大程度上——这一程度实际上几乎深不可测——是认识论性质的。鲁克丽丝的故事则是关于赎罪与忍受、反抗与刚毅；故事中的她确认对她遭受强暴的指控，而驳斥对她通奸的指控。如果说她要是不自尽就永远无法排解对自己失贞的自厌自恨，但她还是获得了一种自主感，一种意志感。照字面意思看，她的意志就是决心立"一个简短的"、要求科拉廷"监督"的"遗嘱"（第1198—1210行）；她一心要获得写作工具和写作者身份的行为强化了这一意志。在寻找写作工具的过程中，她表现出那个时代男性诗人进行文学"创造"时的那种高度狂热（第1290—1302行）。她的自杀欲还因她一直怀疑塔昆已使自己怀孕而尤其强烈："这个嫁接的杂苗永无机会成长：/他将无从吹嘘是谁染污了你的血脉，/嘲弄你［科拉廷］这位父亲溺爱的乃是他的后代。"（第1062—1064行）她也拒绝听从身边其他罗马人那貌似宽慰的说法，以便轻松地让自己从痛苦中解脱。他们说："她纯洁无瑕的心灵会清除她身体上的污点。"（第1710行）对鲁克丽丝来说，肉体与灵魂不可能轻易分离，不存在让人心宽的身心二元论，能够令她超越困境。罪孽的洗脱须由身体达成——特别是由那只先握笔、后握利刃的手来达成——但心灵起着指导作用。

尽管我们已经注意到，《鲁克丽丝受辱记》是一首关于思考而非行动的诗，但我们可能仍然要问，在这首诗中，为什么莎士比亚没有直截了当地让鲁克丽丝迅速自杀，一如他参考的那些故事来源？有个答案是，鲁克丽丝的内在本质是通过她的"埋怨"表现出来的。这些源于她不安心绪的话语，对塔昆对她肉体的痴迷起到了重要的主题平衡作用。鲁克丽丝对"丑陋的时间"的激烈埋怨，在她对塔昆的诅咒中达到了顶点（第918—1020行）；她感到孤独；

她需要以神话故事中的菲罗墨拉¹这个遭到强奸的人物为伴,来减轻自己的痛苦;一想到后世的乳母、演说家或"寻找节日筵宴的吟游诗人们"(第817行)将如何讲述自己的故事,她就深感羞耻,宛如利刃剜心。这一切都促使这位遭到强奸之辱的受害者讲述出她的创伤。而《泰特斯·安德洛尼克斯》中的拉维妮娅被割掉了舌头,剁掉了双手,这种令人发指的罪恶戕害令她的身体残缺不全,几乎剥夺了她表达创伤的能力。

在这个意义上,鲁克丽丝对菲罗墨拉的召唤具有了特殊的含义:"来吧,菲罗美尔²,倾诉着强奸暴行的夜莺:/来把我蓬乱的头发当作你忧伤的树丛。"(第1128—1129行) 而惨遭暴行的拉维妮娅却无从表达这层特殊含义。此例表明,同唱一首歌是如何能在女子之间创造出一种友谊感的,而这种感觉又会加深她们对各自所遭不幸的痛苦之感(第1128—1148行)。痛苦也对哀歌有着特别的亲近感。《鲁克丽丝受辱记》中解释说:"当时间用泪水来

---

1 菲罗墨拉(Philomela):希腊神话中的人物,被其姐夫忒柔斯(Tereus)强奸后,还被他割掉了舌头,后被变成了一只夜莺。
2 菲罗美尔(Philomel)是菲罗墨拉(Philomela)的另一种写法。

计数，悲痛喜欢哀歌悲叹。"（第1127行） 这句话在现代人听来十分奇怪，但在莎士比亚的时代却是广为人知的谚语，而且在1594年版的《鲁克丽丝受辱记》中，这句话就是这么标记的。当时间已经成为重负，用眼泪计时就是一种重新计算时间重负的方式。

描写特洛伊的陷落

鲁克丽丝更尖锐、更直揭内心的一组诉说出现在那段描述特洛伊陷落的工笔描述里："有那么一会儿，她的悲叹停顿了下来，/想找个更新的法子继续表达她的悲哀。"（第1364—1365行） 她的这组诉说之所以更加尖锐，是因为用了"更新的法子"，这标志着莎士比亚本人隆重登场，进入了工笔描述这一新兴文学领域。他有意用讲话的声音——此处即鲁克丽丝的声音——来打破画作的寂静。这组诉说之所以更加直揭内心，是因为那"精描细绘的"战役画面气势恢宏，比对菲罗墨拉的田园式回忆对她的刺激更强烈，使她产生了一系列更为激动的反应。事实上，当她看到画中对赫卡柏[1]那无声的悲痛的呈现——"画家细致入微地剖解出/时间的坍塌、美貌的枯谢、忧患的荼毒"（第 1450—1451 行）——的时候，她深受触动，主动为赫卡柏发声，实际上也是让自己承担了发挥更大、更积极作用的角色：

"可怜的乐器！"她说，"发不出半点声音，
让我这悲鸣的唇舌来演奏出你的哀伤，
让我用香脂将普里阿摩斯的伤口浸润，
让我责骂凶狠的皮洛斯，竟将他残戕，
让我的泪水浇灭特洛伊这片熊熊火场，
　让我用利刃把所有希腊人的眼珠剜出，
　他们竟敢与你为仇，眼里喷吐着愤怒。"

（第 1464—1470 行）

她对被洗劫的特洛伊城及其受难居民的惨境是如此强

---

[1] 赫卡柏（Hecuba）：希腊神话中特洛伊国王普里阿摩斯（Priam）的王后。她和普里阿摩斯育有两子一女：赫克托耳（Hector）、帕里斯（Paris）、卡珊德拉（Cassandra）。

烈地感同身受,乃至要求那幅画不能仅止于描画那遭难情形,还要做它(而不是这首诗)做不到的事——讲出这场悲剧的起因:

"那个娼妇何在?是她搅起这轩然大波。
让我用尖利的指甲撕烂她魅惑的美色!
想入非非的帕里斯,都是你的贪欲淫魔
惹来这场怒火,把特洛伊烧得人亡城破;
你的目光点燃了这熊熊燃烧的弥天大火,
 你的眼睛犯下侵掠罪行,致使这城里的众人,
 连老父带儿子,连老母带女儿,全归了死神。"

(第1471—1477行)

鲁克丽丝在此处议论的当然是特洛伊的海伦。她被帕里斯诱拐之事常常被说成强奸,本诗的讲述者在前文也是这么说的(第1369行)。但在这里,在鲁克丽丝看来,此事的性质却并非如此。鲁克丽丝内心里感到自己与海伦极其相似,便竭力想与海伦划清界限,离她越远越好。她看到一幅画后的反应十分暴力——用利刃和指甲进行撕割。

她的反应可被解读为治疗性质的，间接表达了她对自己所遭受的暴力侵犯的愤慨，但也可被解读为自虐性质的，所针对的目标是激发了塔昆欲火的她自身的组成部分：她的美色。

鲁克丽丝对这幅画的高潮反应集中在希腊间谍西农身上。他假装清白无辜，故此得以进入特洛伊城。起初，画家的巧妙画技让鲁克丽丝误以为他是无辜的，因为她只能想象"这般平凡的身形中不应藏有邪恶的心灵"（第1530行）。然后，她黯然顿悟，看到了另一番景象。她在这里的诉说构成了全诗中语法最复杂的对反思行为的描写：

"不可能如此，"她说，"有这么多狡诈诡计"——
她本想说"能在这么温顺的面目后潜伏"，
但塔昆的形象此刻突然闯进了她的脑海，
她舌尖吐出来的却是"不能"，不是"能伏"。
她放弃了那个意义上的"不可能如此"，
　因而话头转为："不可能如此，我思忖，
　但这样的面孔竟然能承受那邪恶的灵魂。"

（第1534—1540行）

吸引我们的不仅是鲁克丽丝的结论,还包括她的思考过程。在这个过程中,她似乎在重温塔昆的幽暗身影进入她闺房的那一刻。先前那个片段的记忆作为一个疮疤意外浮现,现在被视为突破此时此刻的因素。事实上,对我们来说也是如此,因为这一反思行为似乎是被"潜伏"(lurk)一词以及"潜伏"同"面目"(look)之间的音似效果所激发而成的。我们在全诗第一节中就已经读到过"潜伏"一词了;而"潜伏"和"面目"一旦如此并置,二者之间的秘密联系也就被公之于世了。一说起"潜伏",塔昆的"面目"就出现了。

在鲁克丽丝看来,那张无辜的"面孔"的表象是为了掩盖"邪恶的灵魂"的真相。比起她对黑夜的所有呼语,她在此处有意转换措辞或许标志着她对黑暗知识或黑暗智慧最完全的认知。在下面这段对仗工整的排比诗句中,她将自己的处境与普里阿摩斯的处境联系了起来,我们从中可以捕捉到黑暗知识或黑暗智慧的踪迹:

"塔昆到我家,也是带着武器,有备而来;
外表道貌岸然诚实正派,内心却邪恶败坏

污浊臭秽。如普里阿摩斯对西农深信不疑，
我也对塔昆言听计从，毁灭了我的特洛伊。"

（第1544—1547行）

她还说出了一句感言："普里阿摩斯，你为何阅世已久却仍不明白？"（第1550行）这一感慨后来贯串于《李尔王》全剧之中。鲁克丽丝虽然不比普里阿摩斯年长，但绝对比他更明白。她对准西农/塔昆发出暴怒的火炮，打光了仇恨的弹药。最有趣的时刻也许是到了"最终"，她会心地微微一笑，承认了自己的行为是多么愚蠢；她的行为虽然靠工笔描述的人造情境得以实现，但也因此而毫无用处：

此时不可遏制的愤恨向她发起冲锋，
忍耐落败撤出，她胸中翻滚着怒火。
她用尖甲去抓撕那毫无知觉的西农，
把他当作那个不请自来的不速之客——
是他犯下了罪恶，却使她厌恨自我。
　　最终她无奈一笑，指甲不再疯狂撕挠。

"傻瓜!"她说,"这种伤怎能把他疼倒?"

(第 1562—1568 行)

作为罗马悲剧的《鲁克丽丝受辱记》

画作同歌曲和空话一样,只能给鲁克丽丝带来有限的安慰。这三种带来有限安慰的手段之中,每一种都造成了一次停顿,传达了一次不满。鲁克丽丝刚想沉溺其中,借之消愁,就发现它们并无用处,每种手段还没付诸实践就已崩塌,从而为鲁克丽丝最后的行动做好了铺垫,让我们和鲁克丽丝都对此做好了准备。但无论如何,每一种手段都很有价值;它们展现了一个复杂、可爱的人物形象,这个人物不是简单的隐忍者,更非复仇者,尽管她身上兼有两者的特征。鲁克丽丝具有反思的能力,她比哈姆莱特更早具备这一能力。正如雷欧提斯身上有哈姆莱特的影子,早期罗马共和国的布鲁图身上也有鲁克丽丝的影子。布鲁图斥责科拉廷迟迟不接受去复仇的挑战,并指出科拉廷这样做就严重地歪曲了鲁克丽丝的性格特征:"你那可怜的妻子,将事情办错太可惜。/ 要杀也应该杀仇敌,怎么能

杀她自己。"（第1826—1827行）

　　毫无疑问，有些人可能更喜欢布鲁图的解决办法：受害者施行报复。这话措辞简洁高效，正如它所表明的那样，报复当然是个更简单的选项。但布鲁图对整个事情的解读也将鲁克丽丝贬低为一个复仇者，他不理解鲁克丽丝的痛苦挣扎，他的解读带有对女性的厌恶和侮辱。他无法理解她独自一人探究出路的思想困境：在她看来，思想可以被完全说服，确信它并不同意那件事，但它仍然可以感到身体被玷污，承担着"性欲的重负"（第734行）。她鲜血淋漓的身体在毁灭中变得非常庄严，被喻为"一个刚遭洗劫的孤岛，／被……洗掠精光，人迹全消"。这具鲜血淋漓的躯体生动地体现了她思想的分裂，唯有用一把利刃才可能彻底洗净污秽：

鲜血从她的胸口汩汩涌出，分成两道，
宛如两条缓缓的河流。深红色的血液
慢慢淌下流向四周，将她的身体围绕。
她直直矗立，像一个刚遭洗劫的孤岛，
被这恐怖的洪水洗掠精光，人迹全消。
有部分血液纯净无染，颜色仍然殷红。

色深发暗的是在控诉塔昆的奸诈罪行。

(第 1737—1743 行)

鲁克丽丝之死引起了许多奇事。我之前提到过,奥古斯丁谴责说,这一自杀行为揭示了她过分在乎世俗烦扰和自己的名声。在诗中,她自杀后,她的父亲和丈夫争相表现自己的悲伤,很失体面。他们显而易见的这种过分表现提醒我们——假如我们需要提醒的话——这首诗在多大程度上涉及语言的模仿属性。他们对悲伤的夸张表达表明了言辞是如何刺激、组织和阻滞(在此诗中就是如此)行动的。但这种阻滞只是片刻之间的事,因为他们自己的"竞争",或者说比赛,激发了布鲁图的欲望,使他抛开伪装,控制局面。

这一场景戏剧性极强,与《维纳斯与阿多尼斯》的结局形成了鲜明对比。在《维纳斯与阿多尼斯》结尾,维纳斯在属于自己的私密之所哀悼她死去的爱人。布鲁图则是个奇人。他为了不让暴君国王洞察自己的野心,此前一直都在装疯卖傻。这也是一个显著的"罗马"时刻。"罗马"和"罗马人(或罗马的)"这两个词突然在结尾的几个诗节中反复出现，二者作用于结尾的所有诗节，并在布鲁图的誓言中得到了最强有力的规约：

"此刻，凭着我们热爱的朱庇特神殿，
凭着这惨遭秽行也无损贞洁的鲜血，
凭着高天丽日肥田沃土滋养的物产，
凭着我们罗马人的天赋权利与伟业，
凭着贞洁的鲁克丽丝这番痛诉悲咽，
　她的冤屈我们已听真切。凭着这把利刃，
　我们将追讨血债，雪尽耻辱，告慰冤魂！"

（第1835—1841行）

布鲁图的誓言以罗马的名义发出，富有约束力。此誓一出，铿锵有力，使得前文中的许多骑士式的誓约纷纷让位于它，包括鲁克丽丝本人的奇特希望。鲁克丽丝曾希望，"骑士应言出必行，挺身救助遭难的女士"（第1694行）。她这种情感看起来当然更适合出现在《仙后》或诉怨诗体裁的作品中，而不是罗马悲剧中。罗马共和国的建立是一件更加重大的事情，需要更加郑重的宣誓。

此时诗中的讲述者踏着布鲁图的足迹（不是影子）走

上前来，开始详细解释现场的情形，丝丝入微，十分夸张，宛如在编写舞台指示，指导演员们如何演出整个场景：

> 说完这些，他举起手置于自己的前胸，
> 吻吻那把致命的利刃，表示完成宣誓。
> 他催促周围的人群按照他的指示行动，
> 他们大为惊讶，听从了他，步调一致。
> 他们俯下身躯，弯曲膝盖，全体跪地，
> 　布鲁图将刚才讲过的那番沉痛誓言
> 　逐句重复一遍。他们都跟着他郑重诵念。
>
> 　　　　　　　　　　　　（第 1842—1848 行）

莎士比亚写到此处时，心中是否充满着重返舞台的渴望？或者他仅仅是在利用想象中的舞台道具来充分激发读者的想象？我们不可能知道答案。但在《鲁克丽丝受辱记》出版后，他有好几年没再写诗。这首诗在强烈的宣言氛围中收尾。1594 年夏，在 5 月份，该诗被列入英国出版同业工会的登记书单；此后不久，莎士比亚加入了宫内大臣剧团，一直工作到他从戏剧行业彻底退休为止。该剧团在国王詹姆斯一世即位后更名为国王剧团。

就像《维纳斯与阿多尼斯》一样，《鲁克丽丝受辱记》

也为莎士比亚积累了大量的典型人物形象，这些人物形象在他后来的戏剧中的许多人物角色身上有所体现。《鲁克丽丝受辱记》还对这位剧作家后来的职业生涯有着长远的——虽然是有点儿不同的——影响。读者可参考莎士比亚的罗马戏剧来解读这首诗。它几乎是对《泰特斯·安德洛尼克斯》的全方位完善；它在历史坐标上与《尤力乌斯·凯撒》遥相呼应；它为《哈姆莱特》和《安东尼与克莉奥佩特拉》进行了铺垫。正如前文所表明的那样，这首诗也是《麦克白》和《辛白林》的一个"源泉"。此外，它具有显著的时间性，描写了风驰电掣般的性欲，与作者不久后写成的《罗密欧与朱丽叶》形成了有趣的对比。诗中写到的那些很小的家庭场面，如鲁克丽丝和同情她的仆人们——她那位哭泣的女仆（第1212—1295行）和她那位忠诚的马夫（第1338—1358行）——在一起的场景，也让我们联想到《奥瑟罗》和《李尔王》中的类似情节。如果说鲁克丽丝对丈夫的坚贞不渝在苔丝梦娜身上得到了呼应，那么她的自尽决定就可谓与奥瑟罗一脉相承，并展现了贯串莎士比亚全部作品的思想——对声誉的关注。

在这些作品里,《无事生非》中据说令希罗羞愤而死[1]的"毁谤"是个显例。奇怪的是,众多评论莎士比亚笔下女性的著作往往对鲁克丽丝避而不谈。这无疑说明现代人普遍偏好他的戏剧,而忽视他的诗歌。但《鲁克丽丝受辱记》是莎士比亚唯一一部将女性名字单独用于作品名的作品。完全可以说,鲁克丽丝这一悲剧性的女主角形象为莎士比亚后续作品中的女性形象塑造开创了更加广阔的空间。

---

[1] 剧中情节是希罗在婚礼上被毁谤与人通奸,羞愤得晕了过去。为了替她洗刷冤屈,弗朗西斯神父对外宣布她死了。

第四章

初读莎士比亚的《十四行诗》

引子

可以说，1594 年出版《鲁克丽丝受辱记》之后，作为诗人的莎士比亚就隐没了。这并不意味着他从此变得沉寂无名。实际情况完全相反：16 世纪 90 年代中期，他重返剧场，开始为他所在的演出团体宫内大臣剧团创作一系列剧本，包括《罗密欧与朱丽叶》《仲夏夜之梦》《理查二世》和《爱的徒劳》。这些剧作全都诗风多变，形式多样。《理查二世》全剧均以诗体写成，而有几部剧则迎合了时尚，穿插使用十四行诗和抒情诗来表现戏剧情节。

诗人莎士比亚在戏剧中得以延续，但他作为诗人创作并发表诗歌，特别是十四行诗的活动，却大半不为世人所知。我们在历史记录中发现了几件重要的事情。与莎士比亚生活在同一时代的学校校长、剑桥大学毕业生弗朗西斯·米尔斯（Francis Meres）1598年出版了《智慧宝库》一书。我们通过这部书得知，16世纪90年代，至少有一部分莎士比亚所作的"甜蜜的十四行诗"在他的"私人朋友"中间流传。奸商威廉·贾加德（William Jaggard）拼凑、盗印的诗集《热情的朝圣者》（1598或1599）中也出现了几首莎士比亚的诗。这是因为莎士比亚作为诗人和剧作家声誉日隆，贾加德想利用他的名气来捞一笔。这本诗集的书名后面署着作者的名字（"W.莎士比亚"）。贾加德用这个书名，很可能是为了让人联想到《罗密欧与朱丽叶》中主角初次见面时出现的那首加长版十四行诗（第一幕第五场第90—107行）。《热情的朝圣者》收录了莎士比亚的第138和144首十四行诗，以及出自《爱的徒劳》的其他三首"十四行诗"，但都没有注明作者；诗集中还包括其他作者（其身份同样未注明）的诗作。但除了这少量的参考资料，我们确实几乎不知道莎士比亚《十四行诗》的具体来源。然而，这本诗集最终受到的评论家的关注程度会超过现已发表的其他任何英文诗集。

谜题与问题

莎士比亚的《十四行诗》通常被认为是用英语撰写的最好的十四行诗集，原因何在？本章将从一个新的视角对此展开探索。不过，关于《十四行诗》有很多谜题，即便是在 400 年后的今天，仍然疑窦丛生。有些著名的批评家认为这些疑问都无关紧要，不值一提，但我们应该先了解一下那些比较重要的谜题，再来"启程"——这是印在 1609 年版诗集题献页（图 7）上的一个词，我借用一下。虽然莎士比亚作为《十四行诗》作者的身份从未受到严肃质疑——该诗集的书名页申明"莎士比亚十四行诗 / 首次付印"，每页的页眉都印有书名——但我们感到，其献词似乎是为了迷惑读者。其献词确实费解。这或许是为了符合那个时期十四行组诗的一般意趣：此类诗文总令读者猜测，作者的生平事迹都有哪些？求爱细节如何？（锡德尼 1591 年首次出版的十四行组诗《爱星者和星星》就是这方面的典范；进入 20 世纪后很久，美国诗人约翰·贝里曼 [John Berryman] 的《贝里曼十四行诗集》还在延续这一游戏。）例如，题献页上开篇说"致唯一的创造者"，

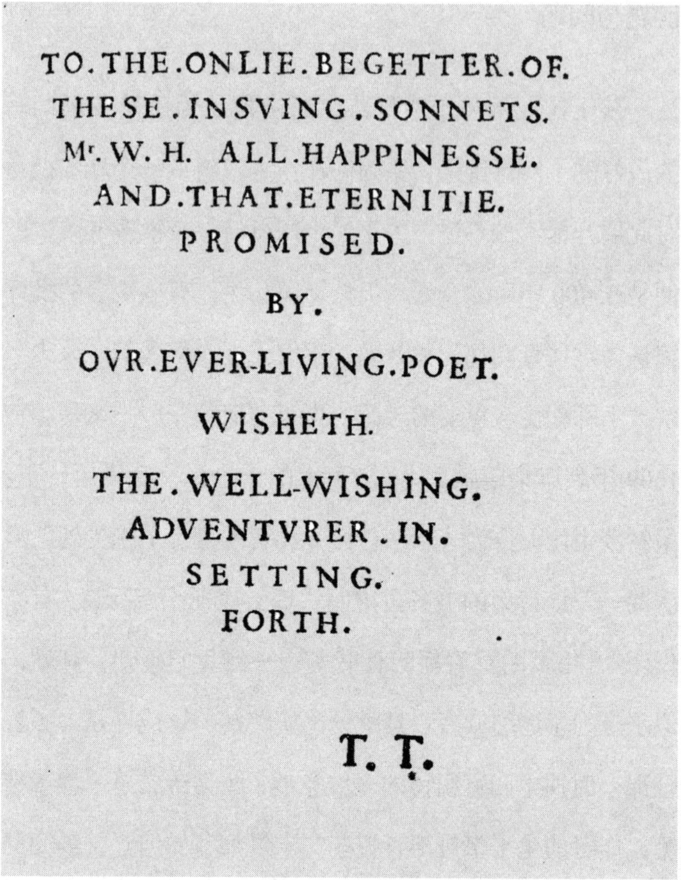

```
TO.THE.ONLIE.BEGETTER.OF.
THESE.INSVING.SONNETS.
Mʳ.W.H. ALL.HAPPINESSE.
AND.THAT.ETERNITIE.
PROMISED.
BY.
OVR.EVER-LIVING.POET.
WISHETH.
THE.WELL-WISHING.
ADVENTVRER.IN.
SETTING.
FORTH.

T. T.
```

图7. 1609年版《莎士比亚十四行诗》的献词

"唯一的创造者"究竟什么意思？这才只是第一个谜。它意指作为缪斯女神式的人物或情人的"灵感之源"吗？还是较为客气疏远地指那个拥有"我们永生的诗人"的手稿的人？另外，从语法上讲，这个短语的主语、那位以神秘的首字母代称的"W. H. 先生"到底是谁？

  这个谜题引发了各种猜测。就像很多业余侦探推理一样，有些说法异想天开，其他的则相对平淡。在这些猜测中，其答案首推两位竞争者（当然还有其他的竞争者）：威廉·赫伯特（William Herbert）和亨利·赖奥思利。威廉·赫伯特是第三代彭布罗克伯爵，在詹姆斯一世时期的圈子里，他是同代人中最大的赞助人，也是对开本《莎士比亚全集》题献的对象之一。亨利·赖奥思利的姓名首字母（H. W.）与威廉·赫伯特的（W. H.）正好相反。亨利·赖奥思利是第三代南安普敦伯爵，兼有男性和女性姿仪，是16世纪90年代时人崇拜的偶像，经常成为画像的描绘对象。前文第二章中，我们已经提到过他，他是莎士比亚叙事诗的题献对象。或者，正如奥斯卡·王尔德[1]在《W. H. 先生的肖像》（1889）中巧言妙语的那样，"W. H. 先生"可能指的是一个名叫威利·休斯（Willie Hughes）的演员，也许莎士比亚的第20首十四行诗中"你风流阳

---

1 奥斯卡·王尔德（Oscar Wilde, 1854—1900）：爱尔兰剧作家、诗人。

刚，令一切风流景仰"这一句暗示的就是此人？且不论这位题献对象到底是谁，此人与十四行诗的倾诉对象是同一个人吗？或者更准确地说，是同一批人吗？因为该诗集前126首十四行诗中有一些——但可能不是全部——是写给一位（或者可能是几位）匿名的年轻男子的，这位年轻人有着高于莎士比亚的社会地位，且经常被评论家称为"美少年"。我们再来看一下题献页之后的内容。我们如何理解从第127首往后的那些诗呢？这里面包括著名的第130首十四行诗（"我情人的眼睛一点不像太阳"），其倾诉或谈论的对象是一位被现代人冠以恶名"黑女郎"的女士。她也是一个真实的人吗？若如此，她的肤色是棕是黑？她是意大利人，还是非洲人？她或许是莎士比亚在伦敦遇到的某个人？还是说这一形象纯粹是文学习惯使然，就像锡德尼诗中的人物那样？毫不出人意料的是，对这些问题的回答众说纷纭。有些说法在中途就被证明是错误的——"黑女郎"为玛丽·菲顿（Mary Fitton）这个说法就是一例，因为后来人们在一幅肖像画上发现她肤色"白"。"白"这个词跟"黑"一样，能将肤色与道德行为画上等号。如今流行的一个说法是，"黑女郎"是埃梅莉娅·巴萨诺·拉尼尔[1]。说她是拉尼尔这个猜想跟其他所有说法一样，并未提出任何确凿的证据，证明她同"黑女郎"有关联。她之所以符合成为"黑女郎"的要求，是因为她有意大利血统，给亨利·凯里（Henry Carey，宫内大臣，也是莎士比亚的赞助人）生了个小孩，她还能诗善乐，是第一位用英文出版诗集的女诗人。她的生平中与莎士比亚有关的部分，虽然不一定能用作证据，但可用作小说素材。近来，玛丽·沙拉特（Mary Sharratt）就据此创作了《黑女郎的面纱：一部关于莎士比亚之缪斯女神的小说》(2016)。

读者们永远都兴致勃勃、乐此不疲地将莎士比亚的十四行诗当作某种纪实小说来解读。此外，我们还有理由怀疑一下出版商"T. T."。他的全名是托马斯·索普（Thomas Thorpe）。我们不是怀疑他作为出版商的身份，而是对其人品的了解令我们联想到了一系列的可能性。索普一度被当作一名不择手段的机会主义者，但自从他出版了该诗集后他便获得了更多的尊重，被视为一名出版重要

---

[1] 埃梅莉娅·巴萨诺·拉尼尔（Aemelia Bassano Lanyer，亦拼作 Lanier，1569—1645）：有意大利血统的英国诗人，是第一位宣称自己是职业诗人的英国女性。

书籍的可靠出版商（例如，本·琼森的《狐狸》就是他于1605年出版的）。不过，千真万确的是，他在处理作品版权时的各种操作可并非总是清清白白的。我们至今都不清楚，他是如何搞到莎士比亚的诗歌手稿的。此外，我们也无法知道，莎士比亚在多大程度上参与了——如果他果真参与了的话——自己的十四行诗的出版。是不是索普暗中搞到了这些十四行诗的一份手抄本，然后莎士比亚才同意将其出版的？抑或是莎士比亚于1609年前后从斯特拉特福（据推测他当时曾在那里工作）远道而来，亲自送给了索普一份手抄本？还是某个第三方人士——W. H. 也是莎士比亚的妻弟威廉·哈瑟维（William Hathaway）的姓名首字母缩写——当了中间人，让这位45岁的诗人鞭长莫及，这才让他那笔法青涩而笨拙的——他为了向安妮求爱而写——第145首十四行诗留传下来？

如果说作者在出版过程中的参与度问题无法获得明确的答案，那么确定其十四行诗的写作年代这个复杂的问题则已经引出了一些有价值的（但也颇有争议的）猜测。虽然人们普遍认为，这些诗写于十四行诗占据文坛时尚巅峰的16世纪90年代，但基于莎士比亚早期和晚期作品中罕见词汇频频出现这一现象进一步得到的"文体变化统计分析的"论据,假定了一个更为复杂(在某些情况下可谓惊人)的观点。这种观点认为:那些编号靠后的十四行诗,诗集后面涉及"黑女郎"的第 127 首到第 154 首,(据信)并不是最后写的,而是最先写的——这也许有助于解释它们的某些地方何以异常稚嫩;前面那些编号为第 1 首到第 60 首的十四行诗,被认为是在 16 世纪 90 年代晚些时候创作的,时间大约在 1595—1596 年间;而第 104 首到第 126 首的创作时间更晚,显然是持续到了詹姆斯一世当政时期。要想更加精确地推测它们的创作时间,需要参考其他的十四行组诗,且需要揣摩莎士比亚的改稿习惯。不过,莎士比亚是何时完全停止修改或创作十四行诗的?或许是 1604 年?在这个问题上,人们几乎没有共识。还是说,直到付印时他还在对它们进行润色?写给"好伙计"的第 126 首十四行诗显然不完整,似乎印刷商还在等待作者补上最后的一个对句。在人们揣测的较早和较晚的写作日期之间,许多单独的十四行诗的创作日期该怎么排列呢?例如,关于那首人们历来坚信更像是偶然之作之一的写"人间月亮"的诗(第 107 首)的写作时间,人们猜测的范围颇广：从令人难以相信的 1579 年初，到可能性更大、后伊丽莎白时代的 1604 年。

无论我们可能将一首或一组十四行诗的写作日期推定为何时，这件事对一般读者而言有何意义？首先，同莎士比亚在伊丽莎白时代的许多竞争对手——德雷顿是一大例外——形成对照的是，漫长的创作酝酿期本身就反映了他持续不断、永无止息的探索。他不断地探索一种表达形式，这种表达形式不必满足日程紧张的戏剧演出之需。第二，1609 年版四开本《十四行诗》中各首诗的编排顺序并不能反映它们的创作顺序，因此我们更有理由疑心，不能将这本诗集当小说来读并将它看成莎士比亚爱情生活的直接反映。把《十四行诗》当小说来读，这是 19 世纪的流行操作，直到今天还有许多地方的读者乐此不疲。然而，这并不意味着诗集的倾诉都毫无现实基础，纯粹是诗人想象中的爱情交流。本书第一章谈过的那首写"染匠之手"的诗（第 111 首）证明了这种看法的错误，其他许多十四行诗也是明证，它们似乎在一定程度上扎根于当时的社会和戏剧演出现实。第三，读者应该懂得，不要仅仅关注每一首十四行诗的意思，还要将不同的十四行诗联系起来看。这是因为这些诗经常是一个更大系列的戏剧性情境的组成部分。虽然并非每首十四行诗都如此——我们会在讨论第116首时发现这一点——但是很多首都在"自指"，或在接续诗集中其他地方留下的线索。这些线索有的近在咫尺，有的相隔一段距离。诗集的献词就暗示了其中一条贯串的线索：那句"我们永生的诗人所承诺的永恒"吸引读者关注（伊丽莎白时代的）一大问题——用诗篇歌咏使情人获得永生（如第18首、第19首、第55首、第60首、第63首、第81首、第101首）。总之，无论1609年版诗集中的每首诗创作于何时，该诗集书名页上的"莎士比亚十四行诗／首次付印"提醒我们：我们是在一个广阔的文学传统中考量一位作者的特定地位。

像《维纳斯与阿多尼斯》和《鲁克丽丝受辱记》一样，《十四行诗》提出的问题在过去的几十年里受到了大量关注。这些问题包括：同性间的性欲和变性、性别和种族的模式化、诱惑和性上瘾。莎士比亚的诗作深刻地探索了情人之间的妒忌；不仅在情人分离时会发生妒忌，在一方认为情人不忠时也会发生妒忌，这种不忠可能是单凭臆测，无中生有，也可能确有其事。有时，这些问题还会牵涉到奇特的三角关系——经常成为十四行诗中主角的三者,即讲话人、年轻男子、"黑女郎",似乎诗歌艺术自己具有了生命,莎士比亚的戏剧在剧场上演时就经常如此。他的十四行诗也一直在追问的一个核心问题是,有无可能想象或谈论不涉及性的、历久弥新的、值得护持的爱情。性有时可能是最为可耻的一种爱。需要强调的是,这些诗探讨问题的方式并不是像叙事诗那样,作为一个宏大故事的片段展开滔滔雄辩,而是表现为一系列更为安静、十分个性化的情境断片和在更大的彼特拉克体诗歌形式框架内的惊人修改。

十四行诗形式简史

十四行诗体起源于 13 世纪的西西里岛,最先在腓特烈二世(Frederick II)的诺曼宫廷里形成,之后很快传到了意大利本土。但丁[1]是十四行诗体的一位早期使用者,他的《新生》(1293—1294)混合运用了十四行诗和其他歌曲形式。不过,十四行诗是在弗朗西斯·彼特拉克的

---

1 但丁(Dante, 1265—1321):意大利诗人,以叙事长诗《神曲》闻名。

《歌集》(写于1330—1374年之间)的影响下流行起来的。《歌集》共收录366首诗,赞颂了一位名叫劳拉(Laura)的女子,她的名字与诗人追求的桂(laurel)冠以及"微风"和"黄金"(意大利语分别为 l'aura 和 l'auro)形成了双关语。彼特拉克的十四行组诗使这种诗体成为了一种风行全欧的诗歌形式,影响了意大利、西班牙、法国的诗人,并最终影响了英格兰的诗人,使他们追求自己梦想中的桂冠和女子。十四行诗名义上存在于宫廷,十四行组诗作品与史诗一起,成为一个国家文化成熟的标志。将彼特拉克体十四行诗移植到英格兰的过程中功业最卓著的诗人里,其中两位是托马斯·怀亚特爵士(Thomas Wyatt, 1503—1542)和菲利普·锡德尼爵士(1554—1586),二人都在法国和意大利待过很长时间。

文学评论家往往会着重描述不同十四行诗变体的重要技巧特征,而略微熟悉一下写作规则有助于我们品鉴这种游戏的玩法。意大利式——或曰彼特拉克体——十四行诗常常只将两个韵脚(意大利语比英语更好押韵)延用,变成一对"封闭式"四行诗节,韵式为:abba, abba。这八行诗结束后,诗中的思绪会立即急转(即"突转"),出现一个押三个新韵脚的六行诗节，结构变化特征鲜明。这个六行诗节的韵式灵活多样（如 cde, cde 式；cd, cd, ee 式），其内容经常是与前八行相反的论点或调门——调门这个词让我们联想到十四行诗与音乐或歌曲有关。

与之不同的是，英式——或曰莎士比亚体——十四行诗，其范型是三个"开放式"四行诗节，每个诗节押一对不同的韵脚（abab, cdcd, efef）。其意义往往是围绕同一主题渐次展开，且意味越来越平淡。三个四行诗节通常在逻辑上或时间上相关联（用"若/当……若/当……那么/而后……如同……"关联），突转（但是……，然而……）则从第九行下移到第 13 行。所以在英式十四行诗中，突转这个结构性衔接表现为一对另押别韵（gg）的结尾联句。英语中也有混合的十四行诗形式，我们会在斯宾塞的十四行诗中发现这一点。莎士比亚的十四行诗有时会呈现彼特拉克体的风格，在第八行之后思想上出现突转；我们在第一章中讨论第 33 首十四行诗的时候已观察到了这一点。（其他醒目的例子有第 18 首、第 29 首、第 44 首，以及变化异常剧烈的第 94 首。）这位伊丽莎白时代的十四行诗作者无论采用何种写作形式，其最常用的主题是爱的表白。

这种主题源于一种以炫耀辞藻为能事、内容包括赞美和责备的悠久言说传统。这里的责备包括自责；莎士比亚极善于表现情感细腻、充满痛苦的自怨自艾，是这方面的大师。此类十四行诗的语言中常常充斥的是性爱的苦痛、陈腐的意象、熟悉的情境。对这些内容，莎士比亚同样将其表现得丰富多彩又鲜明生动。

在十四行诗开始流行的文艺复兴时期，这种诗体的核心其实也是一个关键的悖论：其主题的共性被用来突显讲话人所说的个性，表现讲话人情感生活中的某个独特时刻或事件。一方面，这种诗体具有对人物性格特征进行小说化描写的动力；另一方面，一首十四行诗的含义取决于某种惯例要素，须通过这种要素将自身的意义对应于世人共知的某些经验形式。（彼特拉克就将他的《歌集》与日历年相对应。）这些经验包括其他诗人在十四行诗中写过的东西，或者诗人在自己这部诗集的其他十四行诗中写过的东西，甚至包括同一首十四行诗里前面的诗节中用明显的重复程式写过的东西。因此，许多伊丽莎白时代十四行诗作者的作品听起来十分相似。但是，少数诗人的作品则令人耳目一新。锡德尼、斯宾塞和莎士比亚这三人锐意创新，引领了十四行诗创作的新方向。塞缪尔·丹尼尔和迈克尔·德雷顿紧随其后。我们将看到，在这几位英国诗人中，彼特拉克的直系文学后裔所描述的各种经验形式对莎士比亚影响最小。莎士比亚通过他特有的语言运用，在诗集的每一页上都留下了自己特殊的印记。他的语句撬开了十四行诗那种刻意局促的，经常是矫揉造作的宫廷式旧语言的钳锁，大大拓宽了十四行诗的创作路子。他的词汇量不仅比其同时代人的要大，而且源自更广阔、更多样的经验。正如苏格兰诗人唐·佩特森（Don Paterson）前不久提到的那样，莎士比亚的独创性在于他执着地认识到"'爱情'主题的天地非常开阔，足以包含其他所有主题，他无需偏离'爱情'这个中心"。

文艺复兴后，为数很多的十四行诗作者在形式和主题两方面都对这一诗体进行了极大拓展，但他们继续受到传统的影响，将十四行诗看作一种表达个人情感的理想工具。这种诗体的篇幅足够长，可以将某种想法讲透彻；结构足够紧凑，可以要求其论证简洁；形式足够复杂，可以激发诗艺革新和思想创新。在这些方面，没有几个人能与伊丽莎白·毕晓普（Elizabeth Bishop）相比。她晚期那首令人惊叹的名为《十四行诗》(1979)的小诗,用的是松散的二步格而不是通常的五步格,明显呈现彼特拉克体的结构特征。但如今我们重新审视则发现,它在各部分的划分上实际是颠倒的,运动方向也是逆向的。开头的六行(相当于彼特拉克体最后的六行诗节)描述的是被"捕获"的形象,接下来的八行(相当于彼特拉克体开头的八行诗节)讲述的是被"释放"或"放荡"的经验。"放荡"是这首诗的最后一个词,它令我们联想到十四行诗与性身份的持久关联。"捕获"和"释放"这两个词也指明了对诗体形式本身的两种不同的、实质上相矛盾的态度。有些诗人似乎被十四行诗的形式所捕获或束缚,其操作或表现堪比上了普洛克儒斯忒斯[1]的床。因而从本·琼森的年代开始,批评家就再三反对这种诗体。但莎士比亚等其他诗人则不然。就像他在那些叙事诗的诗节中所表现出来的那样,他好像几乎从一开始就完全驾驭了十四行诗这种诗体。这或

---

1 普洛克儒斯忒斯(Procrustes):希腊神话中的强盗,据说是海神波塞冬(Poseidon)之子。他住在阿提卡,有一张(一说有一长一短两张)铁床。他把路过的旅人放在自己的床上,体长者截其腿脚,体短者强行拉伸,使之与床齐长。很多旅人命丧他手。最终他被英雄忒修斯(Theseus)杀死。谚语"普洛克儒斯忒斯之床"指武断、无情地迫使人或物适应某种不合情理的反常规定或模式的做法。

许是因为他在写叙事诗的过程中一直在写四行诗节和对句，对此已经有了充分的练习。"我们总愿美的物种繁衍昌盛"，他在第1首十四行诗的开头这样说，就好像在向我们示意，告诉我们他有能力一首又一首地创作诗歌，"好让美的玫瑰永远也不凋零"。不过，在写完153首十四行诗之后，他的情绪阴郁下来，变得更加复杂，但创作欲望似乎并未减弱。

第116首十四行诗

对莎士比亚的许多读者来说，我们前文围绕《十四行诗》出版情况所讨论的介绍性问题与理解每首诗本身毫无干系。部分原因是，我们经常会遇到单首的莎士比亚十四行诗。然而，描写伟大"结合"的第116首十四行诗似乎是有意摆脱世俗烦扰而独立存在的。那是它的特殊力量之一。这首诗歌颂那种超越了一切可能和变化的爱情，甚至性别改换都无法撼动它。诗中胜利的基调或许激发了亨利·劳斯（Henry Lawes）的灵感，为此诗的某个版本谱了曲。劳斯是查理一世（Charles I）和查理二世（Charles II）

时期最有天赋的作曲家,是弥尔顿[1]的好友兼合作者。

啊,我绝不让两颗真心被障碍
难成百年之好。爱不算是真爱,
若发现情况有改,便立刻转向,
若发现对方变心自己立刻收场。
啊不,爱是灯塔永远为人导航,
虽直面暴风雨却绝不动摇晃荡。
爱是星斗,指引着漂流的迷舟,
其方位纬度可测,其价值难求。
尽管红颜皓齿逃不过无常镰刀,
爱却绝不是受时光愚弄的小丑。
韶光流转多变,爱却长生不改,
雄立万世千秋直到末日的尽头。
　　假如有人能证明我这话说得过火,
　　就算我从未写诗,世人从未爱过。

---

[1] 弥尔顿(John Milton,1608—1674):英国诗人。

至今婚礼上都在奏诵此诗。这暗示着它丝毫不受时间的影响,同婚礼仪式存在着永恒的联系。然而,诗中所描述的情况很可能只是一个纯粹出于假设的思想实验:真心的结合会是什么样子的?(莎士比亚将在极其简洁的《凤凰与斑鸠》一诗中接着讨论这个问题。)此诗的展开方式富有哲学意味,因为它探索了我们能使用什么语言来界定这种真心结合的含义这一问题。它并不是文艺复兴时期唯一一首研讨该主题的诗。从历史的角度来看,第116首十四行诗归属于文艺复兴晚期或"玄学派"诗歌给爱情下定义的一个小传统,此类作品包括多恩的《出神》和《别离辞:莫伤怀》,爱德华·赫伯特[1]的《问题颂:爱是否应永存》,以及安德鲁·马韦尔的《爱的定义》。

正如莎士比亚所言,允许种种障碍存在的结合从一开始就是不稳固的。"障碍"这个引人联想的词是从《公祷书》里庄严的婚仪词中借来的。或者说,如果发现情况有变(比如天气的变化,或者像婚礼仪式上的套话说的那样,因为患了疾病)就迅速翻脸,或者因为对方已变心或

---

[1] 爱德华·赫伯特(Edward Herbert, 1583—1648):英国哲学家、诗人。

和自己分隔两地（出门散步，去国外，或者与别人在一起）自己就立即改变，这种结合绝非真正的爱情。诗中的这些用词非常笼统，足以留下相当大的解释空间。但是，无论爱情看上去有多么崇高——"爱是星斗，指引着漂流的迷舟"——讲话者发表言说的急切（"我绝不……"）及其决绝的信念（"爱不算是真爱"）都似乎否认了这样一个前提：诗人只是在给爱情下一个抽象的定义。更确切地说，就像戏剧《理查二世》中被囚禁的理查二世在最后一幕中所做的那样，诗人莎士比亚是在一个不可或缺的主题上锤炼他的思想。但比起理查二世，莎士比亚在诗中展现的态度更加坚定，似乎在当众宣示自己的主张，并在最后的联句中讲得斩钉截铁，掷地有声。

理解这首诗意味着要评估它的措辞（比如，"障碍"这样笨重的大词所附带的特殊意味，或对句中"证明"一词的法律内涵），评估它快速转换的意象造成的悖论（"啊不，爱是灯塔永远为人导航"）。我们可能还要重视英语中由于押韵之需而常常出现的句法和词序的异常扭曲现象。诗中第 10 行如果将 come 一词放在开头而不是行末（变成 rosy lips and cheeks / Come within his bending sickle's compass，可译为"粉面红唇/都落入他那弯镰刀的刈幅"），就会更容易理解，但将失去很多东西：不仅是 compass come（逐词译为"范围|进入"）所形成的语音上的头韵，还有 bending sickle's compass come（逐词译为"弯曲|镰刀的|范围|进入"）这个古怪复杂的分词短语所产生的特殊力量。该短语中所用的切分手法能加快诗句的节奏，艾伦·金斯堡就特别喜欢反复使用。至于诗中思想的发展脉络，为理清这一问题，我们从一个四行诗节前进到（或许应说"跳跃到"）另一个四行诗节：从第二个四行诗节中将爱情视为遥远空间的玄妙作用，到第三个四行诗节中设想爱情能抵挡住时光之神那危险的巨幅利刃，随后抵达全诗结尾的庄重对句，读到诗人就上文中的断言向世人提出的复杂挑战。

我们可能还希望探讨一些更加精细的韵律和词汇变化：例如，fixèd 上的重音符号，以及这首称颂真爱之坚定不移的诗中对"转向"（alter）、"变心"（remove）和"收场"（bend）三词的不吝使用。当然，我们也可能凭借它反复强调的观点，把这首诗折回去，反着理解它的内容——也就是说，认为它是在夸大其词。诗的主题——爱情被界定得如此严格和绝对，简直是在公然藐视人类经验。爱情要是"雄立万世千秋直到末日的尽头"，听起来有点令人难以忍受和极端英雄主义，但也许仍然值得赞扬，因为它让人联想到世界末日景象下基督的牺牲。实际上，在诗行结尾，当其中一个短语的语义被韵律所削弱时，就会造成一种不稳定的、不确定的，甚至是游移缥缈的效果。例如，第六行的 never shaken（"绝不动摇晃荡"）中，就多出了个轻读的弱音节。在婚礼仪式上，牧师不能把事情的正反两面都讲述一番，但一首诗可以包含不止一种可能的意思。这首十四行诗数百年来都是婚礼常备的高妙辞令，但也实为一首语词运用狂野恣肆的诗。

自省的瞬间与纪念

这首号称特异的诗实则并不特异。一首莎士比亚十四行诗绝不可能只有一种解读方法，即便已有许多关键线索备用。诗中的语气和意义错综复杂，我们可能在任意一天以不同的方式解读同一首诗。但是第 116 首十四行诗指向了一个经常被评论家——尤其是那些在第二次世界大战之后不久的新批评时代成长起来的评论家——宣布的自明之理：莎士比亚的十四行诗是"独立自足之诗的典范。即使某首莎士比亚十四行诗是组诗中的一部分，它本身也是一种自为存在"。它方正齐整地印在书页上，用维多利亚时代诗人丹蒂·加布里埃尔·罗塞蒂[1]给十四行诗下的著名定义来说，"一首十四行诗就是纪念某个瞬间的丰碑"。（毕晓普等晚近的现代派诗人可能会把这个定义修改为"飞逝的多变瞬间"。）绝大多数读者通常是在某本诗文选集中首次读到某首莎士比亚十四行诗的，这一情形只会进一步突显它作为一首诗那独特无匹、独立自足的地位。读者读过诗（如第116首十四行诗）之后，常常会不由自主地再次确认它是作者单独写的；我们在事后可能会补充不少内容：是莎士比亚写的。

的确，莎士比亚的十四行诗强于劝诱，富有自反性，擅长赋予描写对象活力而使之显得崇高；在这些方面，迄今为止用英语写作的诗人中无人能出其右，因而其志在万世留传的隽语佳句已成为不朽的丰碑。在他的一些最著名

---

[1] 丹蒂·加布里埃尔·罗塞蒂（Dante Gabriel Rossetti, 1828—1882）：英国诗人、画家。

的十四行诗中，情感会以这样或那样的形式为全诗作结。我们可以在下列几个对句中发现这一点，这些对句都以不同的韵脚和语气结束全诗。第 15 首："为与你相爱，我要对时间开仗，/ 它使你老，我嫁枝让你换新装"——其中 graft（嫁枝）为文字游戏，这个词令人联想到意为"书写"的希腊语单词 graphein。第 18 首："只要人眼能看，人口能呼吸，/ 我诗必长存，使你万世流芳。"第 55 首："直到最后审判你站立之际，/ 你长住恋人眼中和这诗行。"第 60 首："但我诗章将逃过时间毒手，/ 讴歌你美德，越千年不朽。"还有第 81 首："凡有活人处，你必定活在人口，/ 你与天齐寿，全仗我笔力千钧。"我们眼下只关注这些对句中所使用的表强调的现在时态，并将在第五章更详细地探讨这个话题。莎士比亚向倾诉对象承诺的不是遥远未来的美名，而是承诺令其在无限扩张的当下永葆"生命"。凭借诗人的妙笔，他的朋友获得了长生，并且借助诗歌，他的朋友活在他人的眼中、口中和判断之中。

用诗歌让情人永生的想法并非莎士比亚所独有，他只是该想法的独特的践行者。与他同时代的英国十四行诗作者中，很多人写过要让心爱的人永生的诗，例如，塞缪尔·丹尼尔、迈克尔·德雷顿,最值得一提的是埃德蒙·斯宾塞。斯宾塞在 1595 年首次出版的《小爱神》中就已如此立誓。(锡德尼的《爱星者和星星》文笔别样地精妙从容,但在这部作品中锡德尼相对来说对这种用诗歌让情人永生的时尚并不以为意。)斯宾塞有首著名的第 75 首十四行诗,开头是"有一天我把她的名字写在沙滩上"。他在这首诗中许诺,面对时间的流沙,他要用诗歌让情人(以及他本人)的声名和名字永生不朽。我们可能会想,这种突出的艺术自觉因素和希求诗文永恒的呼吁是文艺复兴时期特有的东西,可以说是意大利高超的艺术技巧与德意志在发明印刷机的过程中的技术创新的结合。但实际上,通过艺术让声名永存的流行主题可以上溯至古典诗歌。莎士比亚第 55 首十四行诗的先例——如果不算是灵感来源的话——可以在贺拉斯[1](《歌集》第三卷第 30 首)和奥维德(阿瑟·戈尔丁译《变形记》第 15 卷第 983—995 行)那里找到。这些经典范例十分有力,促使莎士比亚在十四行诗写作中走上了一条与斯宾塞截然不同的道路;他背离

---

[1] 贺拉斯(Horace,公元前 65—前 8):古罗马诗人、讽刺作家。

了那种宫廷式的谦逊诗风，高调宣称诗歌艺术将历经世代而永存不朽。

彼特拉克体的变异

比较斯宾塞和莎士比亚的诗作，还可以看出莎士比亚与主流彼特拉克体诗人之间的旨趣差异。斯宾塞对十四行诗的构思局限于文雅的宫廷式抒情诗范畴。他的十四行诗尤其关注新柏拉图学说中的爱情阶梯。在这个阶梯中，身体从属于灵魂，而理想的人类爱情是通往神圣天国之路，即便这条路难以避免世俗欲望带来的冲突。斯宾塞的十四行组诗《小爱神》中共有 89 首十四行诗，这些诗作用个性化的方式扭转了彼特拉克体的传统，以幸福的婚姻为组诗作结。其中第 75 首十四行诗写的是诗人与其情人用明显是古式的措辞，进行了一系列十分优雅、极有分寸的交流，如同在踏着四行诗节的韵律跳舞。那位受人仰慕的女士批评诗人试图通过把她的名字写在沙滩上而使"必朽之物"不朽的"徒劳"（vain）行为。vain（自负的；徒劳的）一语双关，指出了诗人行为的自私自利与徒劳无功。面对她的异议,诗人转而将自己的回答提升到更高级的层次,允诺她必定会声名不朽,但这令名只能在末日审判之后的未来才能完全实现。

> 令德世无匹,我诗传不朽,
> 芳名灿星月,妙迹画云霄。
> 死神君临日,众生无可逃;
> 真爱必永存,来世发新苗。

斯宾塞在这首诗中用了一个不同寻常的手法:通过不同诗节接押同韵(即 **abab, bcbc, cdcd, ee** 形式)的方式将三个四行诗节衔接在一起,强化了它的高雅性。其中 vain 词首的 /v/ 音可以通过在诗人之"诗"(verse)中不同用途上的再度使用,与情人之"美德"(virtue)建立起联系。斯宾塞创作这首诗的目的是悦人耳目,这个目的很顺利就达成了。

莎士比亚的第 55 首十四行诗听起来和斯宾塞那首完全不同——从字面上讲,他回避了斯宾塞使用的那类古旧措辞,还使用了一些音色粗糙的短语,如历代注释颇多的

"长年暗无光"。关于古旧措辞这个话题，莎士比亚会在第106首十四行诗中直接予以探讨（"曾翻阅过远古史册的零篇残卷"）。在第129首、第135首、第136首和第144首十四行诗中，莎士比亚的行文大胆粗野，更活色生香地描写了非彼特拉克式的场景。但第55首十四行诗一开头就自信满满，毫不犹豫地发挥韵律的赞美功能，在规整的五步格诗的舒缓节奏中，呈现出几分其始祖拉丁语十四行诗的庄严宏伟。我在它的第一个四行诗节中粗略地用粗斜体标出了一些音节，对此进行示例说明：

王公云石丰碑或镀金牌坊
终将朽败，难与诗章比强。
我的诗行将使你大放异彩，
远非积尘碑石长年暗无光。[1]
毁灭性的战争将推翻石像，
暴乱亦将扫荡尽铁壁铜墙。
但若你长留于这活的记录，

---

[1] 本书所引该诗的前四行中，作者用粗斜体对每行的偶数音节做了标记：

Not *mar*ble, *nor* the *gild*ed *mon*uments
Of *prin*ces *shall* out*live* this *pow'r*ful *rhyme*,
But *you* shall *shine* more *bright* in *these* con*tents*
Than *un*swept *stone* be*smeared* with *slut*ish *time*.

纵利剑兵火毁不掉你遗芳。
你昂然面对死与弥天遗忘，
便千秋万代之后世人双眼
都将永远辉耀对你的颂扬，
哪怕人类末日已来到世上。
　　直到最后审判你站立之际，
　　你长住恋人眼中和这诗行。

前述戈尔丁所译奥维德《变形记》第 15 卷中的译文采用了抑扬七步格，每行有 14 个音节。译文写道："我如今完成了一部作品，无论是朱庇特的暴怒、/ 冰冷利剑、熊熊烈火，还是黑暗时代吃人的恐怖 / 都无法将它完全扫灭。"此诗的第二行多处押了头韵。莎士比亚以这一行为自己的出发点，以其中态度坚决的否定词为跳板，来描述他诗中的积极方面。莎士比亚的诗的第一行是高度凝缩的，它还包含了贺拉斯在《歌集》第三卷第 30 首中写到的内容：诗人建造了一座比青铜更耐久不腐的纪念碑（"*Exegi monumentum aere perennius*"）。莎士比亚的第 55 首十四行诗开场的四行诗节押着花哨俗艳的头韵，诗人肆无忌惮地大言不惭，甚至承诺要让他所称赞的人出尽风头。他声称:"我的诗行将使你大放异彩,/远非积尘碑石长年暗无光。"

这对比的确很不寻常。当然,最具讽刺性的是,莎士比亚并未在这首诗或《十四行诗》中的其他诗里说出他情人的名字,但作者却在两首写 Will[1] 的十四行诗(第 135 首和第 136 首)中拿自己的名字做文字游戏,从而对彼特拉克式的传统诗风进行了极其下流的更动:

女人有心欲,你就会有意欲,

多重欲,多量欲,多余之欲;

我是那搅得你心神不宁之人,

想把过量欲火放进你的欲池。

你的欲界既然如此大度宽广,

何不赏脸让我偷偷进去一次?

难道别人意欲那么逗人喜爱,

独独我的意欲难蒙你的荫庇?

大海满满是水照样接受雨水,

---

[1] will 是个兼类词、多义词。它既可用作情态动词,指时间上的"将""可能",也可指意愿上的"将会""愿意",还可用作名词,表示"意志""主见""愿望""旨意""遗嘱"等含义。它在首字母大写,变为 Will 时,则是男子名"威尔",可直接用作人名,也可以是 William(威廉)的昵称。

好使它的积水更加汪洋恣肆;

你意欲虽多,何妨添进我的,

好扩大你欲界使你欲海无际?

别,别无情拒绝求爱的风流种,

万欲无非是欲,我欲本可共栖。

不管这首诗写于何时,我们很难不为这首少年之作感到脸红。爱星者能够遥遥凝视远处一颗纯洁的星星,而莎士比亚不是爱星者,而是一个焦躁、下流的规则破坏者。他公然拿自己的名字做文字游戏。我按照1609年版四开本《十四行诗》的样子,用斜体标出了他的名字。[1] 这种

---

1 本书所引该诗原文如下:
>Whoever hath her wish, thou hast thy *Will*,
>And *Will* to boot, and *Will* in overplus;
>More than enough am I that vex thee still,
>To thy sweet will making addition thus.
>Wilt thou, whose will is large and spacious,
>Not once vouchsafe to hide my will in thine?
>Shall will in others seem right gracious,
>And in my will no fair acceptance shine?
>The sea, all water, yet receives rain still,
>And in abundance addeth to his store;
>So thou, being rich in *Will*, add to thy *Will*
>One will of mine to make thy large *Will* more.
>　Let 'no' unkind no fair beseechers kill:
>　Think all but one, and me in that one *Will*.

不寻常的做法可能为的是吸引读者，让读者注意作者的教名"威尔"。此外，我们必须要指出，这种做法还有其他多重含义指向，包括他的阴茎大小变化以及（从他的角度看）那个女子必定具有的宽大阴道。作者在本诗中揣测的她的滥交行为与描写"黑女郎"的那些十四行诗相符，但既然作者声称她性事无节，那么这里她肤色黑就是她性事无节的结果，并非特别与她的种族有关。他的 will（意欲）在四开本中并未一律使用斜体和大写首字母，这一做法可能会让人觉得表现出了他对自己在她面前地位过于卑微的担心。这首诗的视角不是向上仰视，而是居高俯视，将男女两性都看得很渺小，但对二者的具体看法又有所不同。Will（威尔）有说话的优势，称呼自己的名字时变化多端，显示了自己的才智。例如，他说她有可能 Will to boot[1]。（人们不禁要问，这到底是什么意思？）她的优势则或许是根本就不说话。整首诗粗鲁而滑稽，当然也有点令人悲叹，但令人难忘，这很奇怪。莎士比亚认为值得再写一首

---

[1] boot 同 will 一样，也是兼类词和多义词。它当动词用时，有"穿上靴子""踢""获益"等含义。它当名词用时，有"靴子""益处"等含义。to boot 也为习语，意为"另外""加之"等。辜正坤先生在译文中将此语译为"多重欲"；从字面看，它也有"令威尔受益""再加上威尔"等含义。

同样主题的诗。

　　让我们回到第 55 首十四行诗所提出的更为严肃的结构问题。十四行诗传达思想的基本单位——四行诗节在斯宾塞和莎士比亚的十四行诗中也发挥着非常不同的作用。斯宾塞在四行诗节之间精心建立的那种联系，在莎士比亚笔下完全无处可寻。例如，莎士比亚第 55 首十四行诗中的每个四行诗节都独立地发挥作用，它们为各自独特的语法、句法和意象所驱动：非（Not）……；当（When）……；针对（'Gainst）……；因此（So）……。这四个诗节联结成一体靠的是多种与时光和耗损有关的想法；各诗节反复承诺诗歌可以如何来对抗时光，仿佛诗歌的象征力在步步升级，层层扩大。我一直觉得，其中第三个四行诗节既大胆，又非常动人。在这里，莎士比亚用受话人"昂然面对"的形象鼓励我们想象他突然自主活动起来的情景——这标志着他的苏醒，而不再仅仅是一个"活的记录"。这种通过艺术作品获得生命活力的写法，有个场面更宏大的例子：在《冬天的故事》那不可思议的第五幕中，"面对死"，赫米温妮缓缓动了起来。但在第 55 首十四行诗中，这种情景是在纸面上用文字创造出来的；事实上，根据意大利语译文，该景象发生在实为一个诗节的屋子[1]里。

莎士比亚声称诗人能用诗赋予情人永生，但他对诗人这种能力的兴趣，似乎仅仅表现在纸面上，而非在舞台上。在莎士比亚的戏剧中，诗人很少被刻画得很有尊严或权力。《尤力乌斯·凯撒》中的诗人钦纳因为诗写得不好，就被打死了。《仲夏夜之梦》的第五幕里，忒修斯在他那段著名的台词中，将处于癫狂状态的诗人与疯子和情人相提并论。诗人的力量也不一定要落在印刷品的纸面上，因为莎士比亚没有在哪首十四行诗中提到，诗歌要想永世长存，就必须靠印刷出版固定下来。就像其十四行诗里谈到的很多其他东西一样，他这些观点似乎是在有限的，甚至是亲密的情境里产生的。正是在那种情境中，这些被称为"诗"的话语最先在他的"私人朋友"间流传。

莎士比亚很乐意低调地吹嘘他的诗艺，就像他比当时的任何十四行诗作者——或许应说，古往今来所有的英语

---

[1] 在英语中，stanza 意为"诗节"；而在意大利语中，stanza 还有"屋子"的意思。此处作者利用 stanza 一词在英、意两种语言中的同形异义，玩了个文字游戏。

诗人——都乐意更进一步且更深入地探讨性这个私密的话题。一想到他的交谈对象仅限于一个小圈子,我们就不会期待听到这位时代之魂、永世之神(这是在第一对开本出版后本·琼森对他的公开赞语)高谈阔论。我们听到的是他在另一位听者耳边细腻入微的言说;实际上,他在第55首十四行诗结尾的对句中通过谈论最后的审判,悄然证明他有资格吹嘘其诗艺。正如莎士比亚在第81首十四行诗中所说:"我笔下诗行,化作你坟前墓碑。"他在第71首十四行诗中思及自己的死亡时,将诗行写得更加"温柔"和谦逊:"我死后,不要再为我悲伤。"[1] 这开篇一行简直朴素到了极点;全诗的情感表达十分直接,其结构也同样十分简单。

虽然他的诗行并不总是能用"温柔"或文雅来形容——尤其是在写"黑女郎"的那些十四行诗里——但这一形容词有助于我们找出他诗中经常表现出的某种风格。琼森和其他与他同时代的人经常把这种风格与莎士比亚其人相关联。在第87首十四行诗中,诗人平静地装出一副满不在

---

[1] 此句译文为牛云平译。

乎的样子：

> 啊再会吧，你实在高不可攀，
> 而你对自己身价也十分了然。
> 你德高望重，可以不受拘束，
> 我们原订的盟约就只好中断。
> 没有你承诺我岂敢对你造次，
> 那种财宝我岂能动非分之念？
> 我既无堂皇理由接受这厚礼，
> 故请收回你给我的特许之权。
> 你贵而不自知这才以身相许，
> 错爱我，使我侥幸称心如愿。
> 判断失误，遂使你误送大礼，
> 今明断再三，终得礼归人还。
> 　好一场春梦里与你情深意浓，
> 　梦里王位本在，醒觉万事空。

第87首十四行诗有时被认为是莎士比亚和"美少年"关系结束的标志。当然，诗集并未完结，提醒我们抒情诗并不依靠叙事来表现失去之终局。我们还要注意，这首诗并没亮明对方的性别。它的力量，更确切地说，来源于对那个百感交集的片刻的讲述。这首诗繁复的情感表达（再一次）起始于第一行中的一个词——dear。这个词带有"可爱"和"昂贵"双重含义，实际上指的是对方太昂贵、太富有了。如此一来，它再次指向了将施爱者与被爱者区分开来的阶级差别。诗的第一行描写的是代价，所有这些代价都是由讲话者承担的。随着全诗意义的展开，此诗要求读者须详细了解伊丽莎白时代的物权法，否则读者读完全诗后将只知道一个基本事实：二人身份悬殊；这一点既无法辩解，也无需掩饰。除此之外，读者无法寻绎讲话者与其情人的关系波折。此处我想起了唐·佩特森的说法：对莎士比亚而言，"'爱情'主题的天地非常开阔，足以包含其他所有主题"。诗中的讲话者是受伤的一方，他被情人抛弃了。此诗第一行已经把这一点展现得足够清楚，诗尾的对句更加清楚地说明了他满腔激情的虚幻性：在他的想象中，社会等级结构颠倒了过来，他本人就像《仲夏夜之梦》中的波顿，当了片刻"国王"。我们也能在诗行末尾多出来的那个弱读的趋于无声的音节中听出这一点来：这个弱读的尾音节从第一行就出现了，并在后面的诗行中反复出现，唯独第二行和第四行例外。

　　有首诗属于莎士比亚最"温柔"的十四行诗之列，也属于其结构最奇特的十四行诗之列。第 126 首十四行诗是一首特别优美的诉怨诗。它的奇异之处在于全诗都使用了对句，且正如我之前提到的那样，它缺少最后一对押韵联句，这也很奇怪。然而，即使没有最后两行，它也用一个警告表明，这是写给那位年轻男子或"美少年"的最后一首诗：

啊，好伙计，时间的镰刀和沙漏
现在都已牢牢地受制于你的双手，
时光飞逝正反照出你在茁壮成长，
你情人在凋零，你自己蒸蒸日上。
如果掌握着生杀予夺大权的自然
正把你从人生的道路上往回驱赶，
那她只是为了保存你而让你看到
她的绝技能使时间倒流挡住分秒。
你虽是她宠儿却也惧怕她的权威，

她能暂留却不能长保宠爱的宝贝。
她尽可拖欠时光却总会还清账目,
清偿日子一到,她只有把你交出。
　　　(　　　　　　　　)
　　　(　　　　　　　　)

在这首诗里我们一下就知道了受话人的性别。貌似更年长、更睿智的讲话人认为,大自然在替这个"好伙计"对抗"时间的镰刀和沙漏"。大自然作为美的化妆师,让这个男孩保持青春靓丽,而试图贬黜时间。

当然,她终将失败,即便她会像个母亲一般,为保护自己的造物而斗争。fickle glass(沙漏)/ sickle hour(镰刀)这个文字游戏也玩得极其巧妙。时间控制着两者,它既是浮华之镜的持有者,又是最终的修剪机。在1609年版四开本中,f 和 s 两个字母的写法甚至一模一样。但此诗最最怪异之处当为其结尾。为什么那里有两组圆括号?它们意味着什么?是作者留下的还是编辑加上去的?是原稿缺失了什么吗?还是说它们在指示那缺失之物,指向后来华莱士·斯蒂文斯[1]会在《雪人》一诗的结尾谜一般地描述为"不存在的空无与存在的空无"的那种东西?即他们之间不再存在的爱。

---

[1] 华莱士·斯蒂文斯(Wallace Stevens, 1879—1955):美国诗人。

第五章

《十四行诗》中的其他模式和情感迸发

除了对激情的表露,《十四行诗》中还有一些重要主题反复出现,它们为整部诗集增添了一种特殊的节奏。其中最能引起共鸣的主题之一,是我们刚刚在第四章讨论第126首十四行诗时看到的:时间前进,不可阻挡("当我细数时钟报时的声响"——第12首);将季节的转换与人的善变动人地结合在一起(例如第73首中的"你在我身上会看到这个时候"和第97首中的"一旦离开你,日子便宛若冬寒");情人关系和约定多么容易出尔反尔。尽管第18首("或许我可用夏日把你来比方")把欢悦写得酣畅淋漓,第29首("面对命运的抛弃,世人冷眼")也慎重地表达了信心,欢悦的基调再次响起,但在这之后我们发现,诗中的讲话者在遭拒之后,心中充满了刺骨的耻辱感和痛楚,并进行了自我割裂和自我辩解,还当着别人的面自暴自弃:"唉,不错,我确曾四处周游,/当众献技,扮演过斑衣小丑,/自轻自贱,把最珍贵者抛售。/为交新欢,不惜与旧友成仇。"(第110首) 这些令人心如刀割的自我描述或许会让我们脑海中浮现出罗马博尔盖塞美术馆收藏的卡拉瓦乔那幅阴森骇人的名画《手提歌利亚头的大卫》。艺术家——引申说来就是诗人——所描绘的年长的巨人那颗被斩下的(血淋淋的)首级就是他自己的恐怖头像,提着首级的则是漂亮迷人的、身体半裸的美少年。

在追寻讲话者爱情和命运的变迁时,许多读者同样会发现,有些线索和模式将局部的一些十四行诗串联在了一起。有些诗的线索和模式足够明显,且具有充分的连续性,它们形成了一些小型组诗。比如诗集的前18首十四行诗借用了伊拉斯谟[1]作品中的一个主题,敦促年轻男子结婚。所谓"竞争诗人"组诗(第78—86首)是另一个例子。莎士比亚在这组诗中一方面坦言自己文思枯竭,另一方面摆开阵势,与竞争者们争夺那位年轻男子的爱情。"难道

---

[1] 伊拉斯谟(Desiderius Erasmus,1466—1536):荷兰人文主义者,北欧文艺复兴主要学者。

他的诗帆已长驱直入你苍溟,／先声夺人俘获你价值连城的芳心?／可怜我情思万种却只能愁锁脑际,／忍叫化育情思的子宫变作了荒坟。"(第86首) 借助组诗,莎士比亚切实地应对和深思了此种竞争;在锡德尼等忠诚的彼特拉克体诗人心目中,此种竞争与其说是现实中的,不如说是凭空想象出来的。莎士比亚在诗中把双方的竞争写得如此真切,让我们非常想知道他的竞争对手们姓甚名谁。莫非是马洛? 是查普曼[1]? 还是琼森?

莎士比亚的两种爱情

那让整部诗集蒙上阴影的离奇、痛苦的爱情情节还有更进一步的相关故事。那是一段三角恋,首次被提及是在第40—43首十四行诗中。发生恋情的三方是诗人、那位(或者那些)年轻男子、"黑女郎"。那是一段有失体面的三角恋情,而且对诗中的讲话人来说,这段恋情尤为丢脸。这种题材似乎不适宜进入继承彼特拉克衣钵的伊丽莎白时代的十四行诗集,而更适于搬上舞台——比如,想想

---

[1] 查普曼(George Chapman,约 1559—1634):英国剧作家、翻译家、诗人,以翻译荷马史诗著称。

《奥瑟罗》。虽说莎士比亚的十四行诗以甜蜜驰名于世,但诗中的生命与爱情却是不断地自下而上喷涌而出的,甘甜中带着酸涩,特别是在第144首十四行诗中,莎士比亚回到三角恋中的不忠这一主题上时——"我有两个爱人负责安慰和绝望"。这首诗是收入早先出版的《热情的朝圣者》的莎士比亚十四行诗之一。

> 我有两个爱人负责安慰和绝望,
> 像两个精灵,轮番诱惑我心房,
> 善的那一个是男人,英俊潇洒,
> 恶的那一个是女人,脸黑睛黄。
> 为使我早日跨进那绝望的地狱,
> 邪恶阴柔骗走了我善性的阳刚,
> 她还唆使我的好精灵化作魔鬼,
> 用脏污肉欲使其纯真沦为荒唐。
> 我的天使是否成妖魅,我疑心,
> 但却不能立刻有一个盖棺定论,
> 但既然这二人都离我朋比为奸,
> 我敢说天使已进阴曹地府之门。
> 　除了瞎猜我永不知那葫芦装什么药,
> 　除非是恶精灵用梅毒把善精灵吓跑。

这首诗中善与恶戏剧性的互相牵扯可能会让我们想起迈克尔·德雷顿在创作于同时代的一首十四行诗中描述的类似情景。德雷顿那首诗的开头是"你的美貌如同恶灵，无时不萦绕着我"。但德雷顿使用的寓言式手法在莎士比亚的诗中只算是半寓言式的。莎士比亚的这首十四行诗是一场迅速发生、剧情复杂的戏，充满着暗示和怀疑。这场戏呈现了围绕怀疑和猜忌展开的三维纠葛，他的十四行诗经常如此，开篇部分意思错综复杂的多义词 suggest（有"敦促，诱惑或勾引某人作恶""不公开说明""不完全了解"等含义）就道出了这一点。直到诗中的讲话人发觉，那二者的幽会将在本诗时间线以外的某个想象中的未来时刻彻底结束，全诗才作结。在那之前，他就像发狂的奥瑟罗一样，因为没有看得见的证据，只能猜测他的两个朋友之间可能在发生的事情。

　　这首十四行诗也拾起了写"威尔"那首诗（第 135 首）中的厌女线索，不过进行了重新构思，指向更为具体。第 144 首十四行诗中写到了第三人——一位善良的天使，而且他还有可能和那个如今"脸黑睛黄"的女人秘密同居。在这方面，诗中的关键一行是"但既然这二人都离我朋比为奸"。四开本版本中特意改写了诗中的几行，使其意思更尖锐，这是其中的一行。修改后的措辞突显了那二人对他的孤立。(《热情的朝圣者》所收录的此诗版本中，这行诗写得不那么明确："这二人都是我友，又彼此为友。"[1]) 用混合了神学和性欲两方面判断的话来说，讲话人的"善良的天使"可能已经变了心，归顺了那"邪恶的一方"，将他抛入了怀疑和自我憎恨的深渊。第一行诗中提到"我有两个爱人"，首次说到邪恶的一方是其中之一，而在第三个四行诗节中诗人则明确将其与"阴曹地府"联系在一起。莎士比亚在别的作品中把"阴曹地府"用作阴道的代名词。我们可能不难想象到，诗末他的好天使被"吓跑"（fired out）的形象为人们所乐道，获得了许多评论，其中有评论指出 fire 可能指的是性病。这一主题在《十四行诗》末尾的第 153 首和第 154 首十四行诗中再次出现，这是两首"阿那克里翁式"十四行诗，均仿自《希腊诗选》中的某首诗。第 144 首十四行诗的讲话人满怀痛惜，而在相隔不远、写得极佳的第 147 首十四行诗中，

---

1 牛云平译。

他充分而深切地表达了这种痛惜之情。第147首十四行诗开头写道:"我的爱像热病,它永远在渴望／能使其热状态总呈高潮的药方。"

一次又一次的情感迸发

上文(及其他地方)所描述的种种细节意蕴极为丰富,读者永远会受其吸引而试图设想,莎士比亚十四行诗背后存在着某个"故事"。但是,若果真存在这么一个更完整的故事,就令人兴趣盎然了,因为那样的话,各个细节就都能落到实处了。但这并不是说这些诗在总体上缺少一种叙事性,而是说叙事内嵌于讲话人对自己想象中的二人关系的识别之中:他识别出了他们之间新近发生的那些激烈的情感交流与变化。本书第一章讨论过的第33首十四行诗所描写的其实就是这样的一个瞬间,那是讲话人第一次对情人的忠贞心存怀疑。不过,从时序上看,更早的一次情感迸发出现在第13首十四行诗中。在这首诗之前,讲话人本来像个慈祥长辈在谆谆教导"温柔的吝啬人"[1],向

---

[1] 原文为 tender churl,译文为牛云平译。

他传授伊拉斯谟式的智慧,要求他承担起结婚和生育的公民责任,可讲着讲着,这个声音蓦地不见了,变成了一个迷恋着自己讲话对象的诗人的声音。这个新的声音呼唤道:"啊,愿你是你自身!爱啊,/可惜你自主时间寿限凡尘。"就好像突然间,波洛纽斯换成了罗密欧,且对抒情诗的新的领悟被发现了。

在这一长串描写激情突然迸发的诗篇中,写"情妇兼情郎"的第 20 首十四行诗长久以来都特别为人津津乐道。这首诗通篇都戏谑地押了阴韵[1],诗文如下:

---

[1] 阴韵(feminine rhyme)指英文诗歌中两个(乃至三个)音节都押韵的韵脚,其中第一个音节重读,后一个(或多个)音节轻读,如 motion 和 ocean, exciting 和 inviting。此处所说的第 20 首十四行诗的阴韵为双音节韵。原诗照录如下,韵式为 abab, cdcd, efef, gg:
A woman's face with nature's own hand painted,
Hast thou, the master mistress of my passion;
A woman's gentle heart, but not acquainted
With shifting change as is false women's fashion;
An eye more bright than theirs, less false in rolling,
Gilding the object whereupon it gazeth;
A man in hue, all hues in his controlling,
Which steals men's eyes and women's souls amazeth.
And for a woman wert thou first created,
Till Nature as she wrought thee fell a-doting,
And by addition me of thee defeated,
By adding one thing to my purpose nothing.
　　But since she pricked thee out for women's pleasure,
　　Mine be thy love, and thy love's use their treasure.

你，君临我诗中的情妇兼情郎，
是造化亲自绘出你女性的面庞，
你虽有女人柔婉的心，却没有
那种轻佻女人惯有的反复无常。
你的眼比她们的更真诚更明亮，
目光流盼处，事物顿染上金黄。
你风流阳刚，令一切风流景仰，
使众男神迷，使众女魂飞魄荡。
造化本意是要让你做一个女人，
但造你时却爱上你，在你身上，
胡乱安个东西，使我不能承欢
于你，那东西我却派不上用场。
　　既然造化造你是供女人玩耍，
　　给我爱，给女人做爱的精华。

读者会自然而然地将此情况与戏剧中的男扮女装进行比较：在莎士比亚生活的时代，女性角色都是由男孩扮演的；在某些剧中，这些女性角色——如《皆大欢喜》中的罗瑟琳和《第十二夜》中的薇奥拉——又假扮成年轻男子等角色。第20首十四行诗将受话人设定为兼具阳刚与阴柔两种气质,由此明确提出对同性的爱欲的问题。我们在上文探讨第144首的"两个爱人"的双性恋时,已经遇到过这个问题。第20首十四行诗中的情妇兼情郎勉强算是如今的变性者的先驱,这些变性者在生理上实现了性别转换。在本诗中,造化女神原已将他造为女性,但又爱上他,把他变成了男性,因此他就拥有了男女两性的气质。早期各代读者都参考文艺复兴时期用柏拉图哲学解释男性友情的习惯做法,倾向于认为莎士比亚在十四行诗中写的是异性恋。如今的读者没有多少还会重复这一观点。相反,如今的读者选择强调诗中的年轻男子代表的是同性的性吸引;在第20首十四行诗中,这位年轻男子显而易见地激起了讲话人的"激情",支配了他的思想,诱使他进入了情欲的森林;诗中在描写情欲时使用了一些带有厌女意味的双关语。

然而,正如诗的末行所挑明的那样,此行中 thy love 和 thy love's use 并置,意味着新柏拉图式解读和情色式解读都仍适用。thy love(字面意思是"你的爱")是新柏拉图主义的理想化情感;thy love's use(字面意思是"你的爱的使用"）则指造化女神所安插的那个身体工具。此诗并无第二位作者，因此这唯一的作者至少可被默认是一位新柏拉图主义者。我们看到，这位作者在上上下下地端详这位造化女神塑造完善了的理想典范，同时也是他产生火热情欲的对象。评论家有时会过于严肃地对待莎士比亚十四行诗中的性——正如莎士比亚本人也会如此，他在第 129 首十四行诗中绝妙地训诫人们，要他们警惕性欲那迷魂醉魄的力量——或者，他们会过分积极地找出他诗中每一个可能的、能想象得出的涉及性事的细微之处。第 20 首十四行诗令我们在这两个方面都要警觉一点。我们在紧张的战栗之中，重要的是切记不要错过作者在虚构造化女神迷恋这位年轻男子美貌的奥维德式寓言故事时那欢快的笔锋。幸运的是，在此诗的这个故事中，这并未导致他的死亡。这位面颊绯红的阿多尼斯活了下来，给男人和女人都带来了快乐，尽管给二者的快乐不属于同一种类。

强度问题

为什么我们会如此亲切、强烈地对讲话人在十四行诗中所处的情境感同身受？有一个答案，该答案在我们对十四行诗的讨论中可能几乎随处可见，它就是抒情诗评论家通常所说的"实时"性。十四行诗的简短情节总是发生在当下。即使当讲话人在回忆过去的事件时，读者也是当下在脑海中呈现或重演讲话人的所思所想。普鲁斯特式的第30首十四行诗就是个著名例证。这首诗的开头是："我有时醉心于沉思默想，/把过往的事物细细品尝。"事实上，对于使用现在时动词的讲话人（如第30首中的"我慨叹许多不如愿之事"）和代替召唤"过往的事物"的讲话人的读者来说，所有那些"过往的事物"都是双重的现在。在叙事诗中，时间是对话和戏剧性情节的一大特征，可以应整个故事所需在任何时候灵活缩短或延长；我们可观察到并称赞这种对戏剧性事件的灵活处理。但在读十四行诗时，我们几乎总会自言自语地念出全诗。其情景不是简单地像听舞台上的演员独白那样，隔着一段距离听演员用第一人称讲出那番话，更确切地说，是我们自己在表演，在说这些话。那种亲切感常常因为莎士比亚默默地坚持使用代词"你（们）"（you 或 thou）和第一人称代词"我"（I）——"你（们）"也可以是"我们"（us），是读者——而变得更加复杂和直接。

莎士比亚的十四行诗有时会请我们充当讲话人的沉默的同谋和受话人,在这方面,其诗集中有个最著名的例子——实际上它也是所有英语诗歌中最著名的例子之一——那就是第73首十四行诗。

> 你在我身上会看到这个时候,
> 那时零落的黄叶会残挂枝头,
> 三两片在寒风中索索地发抖,
> 荒凉歌坛上不再有甜蜜歌喉。
> 你在我身上会看到黄昏时候
> 落霞消残,渐沉入西方天际,
> 看夜幕迅速将它们通统带走,
> 如死神替身将一切拘押如囚。
> 你在我身上会看到这种火焰,
> 它在青春的灰烬上闪烁摇头,
> 恰如安卧于临终之榻,待与
> 那续火的燃料一同烧尽烧透。
> 看到这些,你的爱会更加坚贞,
> 爱我吧,你在世之期已不太久。[1]

---

[1] 此诗基本上采用辜正坤先生的译文,但译者对其略有更动:本书所引最后一行诗的原文为 To love that well, which thou must leave ere long,译者根据上下文,将辜正坤先生译文中的"我在世之期"改为"你在世之期"。

这首诗以一种走向叙事的姿态开始（"这个时候"），就好像要给我们讲一个故事，但很快变成了抒情的自我演说。每个四行诗节都在重复"你在我身上"这个指示句式。整首诗首先从季节的（秋季的）变化比兴入手，然后说到每一日（黄昏）的时间轮转，最后说到讲话人近在眼前的死亡（全黑），由此形成了对一种越来越私密的、描写讲话人渐趋衰老的仪典的参与。我们被吸引参与到言说变化的行为之中，就像这首诗似乎是讲给别人听的——而不是逐步接近说话者，逐渐看清其容貌或形象。在这方面，这首诗非常难以捉摸。结果我们发现，此诗除了相当醒目地使用了多个语意指代模糊的关系代词（that，this，which）外，每个四行诗节中使用的隐喻都在不同寻常地漂移，模拟着上了年纪的讲话人的思绪。

济慈[1]对莎士比亚十四行诗的著名评论在这里似乎深中肯綮："我此前从未发现这些十四行诗中富含这么多妙处——诗中似乎充满了无意间脱口而出的美好事物——句句俏皮，字字珠玑，巧思迭出。""荒凉歌坛上不再有甜蜜

---

[1] 济慈（John Keats，1795—1821）：英国浪漫主义抒情诗人。

歌喉"这句妙语呈现出了莎士比亚所有作品中最精美、最引人入胜的那类构思。讲话人那飘忽的思绪先是被具象化为树枝上的鸟儿,随后又被喻为修道院解散时的唱诗班歌手,似乎即将终结。在本节和之后每一节的华丽意象中,这些飘忽的思绪都被描写到了极致。只是到了诗末,那措辞强烈的警告性对句才将它们从终结的边缘拉回当下,该对句像契约一样起到了约束的作用:

看到这些,你的爱会更加坚贞,

爱我吧,你在世之期已不太久。

这里令人惊讶,其中一点是,此处的话锋突然出现了逆转:诗中的受话人,而不是讲话人,才是"在世之期已不太久"之人。[1] 在这里,受话人也是读者;他读到诗末,蓦然惊觉诗中描写的时光的短暂和想象中的消逝景象。消逝当然是在想象中发生的,因为写在纸页上的诗总能够被

---

[1] 原诗最后一行 To love that well, which thou must leave ere long 中,that 指诗人自己,但也可能指生命或青春。前面的诗文一直在铺陈讲话人行将死亡,这里话锋一转,告诫受话人:生命短暂,青春易逝,你在世之期也所剩不多。

一再呈现或是修改,正如下一首诗的开头几行悄然提醒我们的那样:

当地狱阴差有一天自地狱来临
不由分说拘走我,你不必担心,
我的诗行与我生命如藕断丝连,
宛若纪念旧情之物长随在你身。

现在轮到诗人自己来评定和描述他的死——或者说"地狱阴差"——对另一个人的影响了。

泽被后世

　　本章中讨论或涉及的许多诗是那些更常被收入诗歌选集的莎士比亚十四行诗。虽然每首诗的意义往往太过丰富,以致随意浏览诗文的人无法充分领略其中的妙趣,但我们应当鼓励读者抛开既有的解析诗文的框框,自己去找寻诗中的微言大义。W. H. 奥登[1]认为,"从头到尾都很棒"

1　W. H. 奥登(W. H. Auden, 1907—1973):英国出生的美国诗人、剧作家、评论家。

第五章 《十四行诗》中的其他模式和情感迸发

的诗有49首，大约占到整本诗集的三分之一，但他并未明确指出到底是哪49首——他也应当不加指明。人们的品味各不相同，阅读体验本身也变动不居，阅读像这些诗这样修辞上错综复杂的诗歌时，其体验尤其如此。换用哈姆莱特的说法，莎士比亚的十四行诗有种内在的、深藏不露的东西。一首有时听起来非常温柔的诗，在别的时候听上去可能更多地带有讽刺和苦涩意味，这是因为读者的情绪在其专注程度的影响下起伏波动。我们在生命中的某个时刻最珍视的诗歌，也不一定在另一个时刻仍然最受珍视。它们的诗学价值是广域的，它们似乎可以解证生命轮回中的所有时段。莎士比亚的戏剧有时被认为塑造了人，而其十四行诗有时被认为塑造了主观性。这两种说法是否正确？与其讨论这个问题，我们也许不如让自己认识到这两种说法都说明，他为舞台表演和印刷出版所写的东西都描写充分、引人入胜。如果说莎士比亚的十四行诗不是全部语言中最伟大的十四行诗，那只是因为它们不是最早写成且影响最大的。"最早的、影响最大的十四行诗作者"这顶桂冠属于彼特拉克。

至于莎士比亚的十四行诗在他的戏剧上留下了哪些

更直接的印迹,这些印迹可要比叙事诗留下的印迹更难追踪。这不仅因为十四行诗中缺乏可资比较的对人物类型的探索,而且因为它们的创作时间更难以确定。十四行诗的写作——至少在构思和修改方面——似乎与他的许多剧本的创作及其大半戏剧生涯是紧密相连的。因此,我们倾向于将我们在其戏剧中发现的声音、情绪和情境投射到十四行诗上,虽然有时二者的关联相当松散。十四行诗像哈姆莱特的台词那样关注人物的内心活动,像罗密欧或朱丽叶的台词那样充满了痴情。诗中上了年纪的讲话人崇仰某个最终令他失望的年轻男子,就像《亨利四世》(上)和《亨利四世》(下)中的福斯塔夫对哈尔,或《威尼斯商人》中的安东尼奥对巴萨尼奥那样。诗中对忌妒心的刻画就像《奥瑟罗》和《冬天的故事》中的同类情节一般入木三分。诗中圆滑世故、矫揉造作的说谎行为就像安东尼与克莉奥佩特拉说谎的情形。我们也倾向于把十四行诗中的形象和构思投映到剧本上去。熟悉莎士比亚戏剧和十四行诗的读者会发现,即便难以直接谈论戏与诗二者之间的"影响",它们的交叠之处也是说不完、道不尽的。例如,"(冰清玉洁却反蒙不辩的沉冤,)倒不如作恶又不受恶名牵缠"

这句话完全可以用来开启一段舞台独白——比如，可能是伊阿戈的独白，但它实际上是第121首十四行诗的第一行。

至于十四行诗对后世的影响，这也是一个内容丰富、引起多人关注的话题。但在这里，本书对此只能略谈几句。济慈的名字前文已经提到过。华兹华斯[1]也在《别小看十四行诗》中发表过一句著名评论："用这把钥匙／莎士比亚打开了心扉。"但是无论莎士比亚在将十四行诗塑造为大众喜闻乐见的乐事这一过程中发挥了多么重要的作用——大众对十四行诗的兴趣在18世纪的大部分年头里逐渐消退，对华兹华斯影响最大的却是弥尔顿，而非莎士比亚，无论是在形式上还是措辞上，在公开的立场上还是言论上。这一点在夏洛特·史密斯[2]等华兹华斯之前的十四行诗作者身上也都是千真万确的事实。相比之下，济慈对"封闭式"和"开放式"——即彼特拉克体和莎士比亚体——十四行诗均更加包容。虽然他后来在为颂诗探索

1　华兹华斯（William Wordsworth，1770—1850）：英国诗人，其作品以歌颂大自然为主。
2　夏洛特·史密斯（Charlotte Smith，1749—1806）：英国女性小说家、诗人。

更加广阔的诗节形式时放弃了这两种诗体,但那是他写了《当我心有忧惧》之后的事情。《当我心有忧惧》这首十四行诗几乎完美地演绎了莎士比亚作品中常见的模式化思想弧与内心活动,唯独其结尾的对句比较忧伤,与莎士比亚十四行诗通常的结尾的氛围有所不同。

维多利亚时代充斥着莎士比亚的作品——他既是诗人,又是剧作家,或许最重要的是,这个来自斯特拉特福的人成了英格兰的民族诗人——所以有时人们很难理清其诸多后世影响的脉络。这可真恼人,因为维多利亚时代早期的人继承了埃德蒙·马隆[1]的编辑同行乔治·斯蒂文斯[2]的工作成果,并竭力克服斯蒂文斯的错谬及其对莎士比亚第20首十四行诗中受话人性别含糊的厌恶——更笼统地说,是对莎士比亚十四行诗作品中男性友情主题的厌恶,以及对表达该主题的巴罗克式繁丽语言的厌恶。不过,这一时期内,十四行诗和十四行组诗比比皆是。十四行组诗

---

[1] 埃德蒙·马隆(Edmond Malone,1741—1812):爱尔兰出生的英国学者,最先考订莎士比亚作品的真伪及写作年代,曾编辑出版过莎士比亚的作品。

[2] 乔治·斯蒂文斯(George Steevens,1736—1800):英国学者,曾与塞缪尔·约翰逊(Samuel Johnson,1709—1784,英国词典编纂家、评论家和诗人)合作,于1773年编辑出版了一部莎士比亚戏剧集(共10卷),后又大胆地参以己意,校改修订为15卷出版。

的出现部分地受到了莎士比亚的影响。他扩展了十四行诗的形式，来列举和探索爱情的多重意义以及与这一经验共生的强烈的主体意识。最著名的十四行组诗有：布朗宁夫人[1]的《葡萄牙十四行诗集》（1850），乔治·梅瑞狄斯[2]的《现代的爱情》（1862）和丹蒂·加布里埃尔·罗塞蒂的《生命之屋》（1870）。然而，我们还是很难指出，它们是在哪些具体方面受惠于莎士比亚十四行诗的。部分原因是，后来的十四行诗作者们选择不模仿莎士比亚的诗节形式，他们选择了彼特拉克体的形式。梅瑞狄斯走得更远，他所有的十四行诗都由16行构成，但其中所表达的情感也深深属于维多利亚时代的英格兰。梅瑞狄斯的组诗反映了现实主义小说的影响，罗塞蒂的组诗反映了对中世纪事物（与符号）的渴望，布朗宁夫人的组诗反映了女性的顺从和宗教狂热。她最著名的那首十四行诗——诗的第一句是"我如何爱你呢？让我细数各种方式"——事实上是改头换面地袭用了《李尔王》中贡妮芮的台词，这一点

---

[1] 布朗宁夫人（Elizabeth Barrett Browning，原名 Elizabeth Barrett，1806—1861）：英国女诗人，诗人罗伯特·布朗宁（Robert Browning，1812—1889）的妻子。她以《葡萄牙十四行诗集》《奥罗拉·利》等诗作闻名。
[2] 乔治·梅瑞狄斯（George Meredith，1828—1909）：英国诗人、小说家。

已被曝光。丁尼生[1]在《悼念》中哀悼阿瑟·亨利·哈勒姆[2]之死的决绝诗句——"我爱你,亡灵,无论过去、现在,即便/莎士比亚的灵魂也不能比我爱你更多"(第61首,第11—12行),听起来无限近似莎士比亚十四行诗中对激情的暗面指向死亡的宣示。杰勒德·曼利·霍普金斯[3]在其"可怕的十四行组诗"中,用可与莎翁笔法相媲美的丰富意象和文字游戏,表达了真正的莎士比亚式的绝望之情,尽管他的灵感来源是莎士比亚的戏剧,而非其十四行诗。

在现代诗人中,罗伯特·弗罗斯特[4]十分突出,尤其是考虑到必须抨击传统写作形式才算合规的时代背景。弗罗斯特的十四行诗跻身20世纪最好的、形式变化最丰富的十四行诗之列,但爱情通常是其核心主题。有一首他早期写的十四行诗《播种》(1916),此诗韵式严谨,比莎士比亚的诗作更有莎士比亚的风味。此诗是对莎士比亚那些

---

[1] 丁尼生(Alfred Tennyson, 1809—1892):英国诗人。
[2] 阿瑟·亨利·哈勒姆(Arthur Henry Hallam, 1811—1833):英国诗人。丁尼生的《悼念》就是为他而作。
[3] 杰勒德·曼利·霍普金斯(Gerard Manley Hopkins, 1844—1889):英国诗人、耶稣会教士。
[4] 罗伯特·弗罗斯特(Robert Frost, 1874—1963):美国诗人,以抒情诗闻名。

编号靠前的十四行诗中反复描写的繁衍主题的改写,但更加粗俗、色情。此外,鉴于弗罗斯特处理自己与传统之间关系的巧妙方式,我们甚至可以把这首诗当作一个例子来读,看他如何狡猾地通过承袭前辈及莎士比亚的风格进行创作,闯出了一条生路,最终在《丝绸帐篷》(1942)中完全做到了写作自如。《丝绸帐篷》这首创作时间较晚的以爱情为主题的十四行诗,乃是一个用构型完美的莎士比亚韵式松散地连缀起来的简单句。

令人惊讶的是,大西洋两岸许多晚近的现代主义和后现代主义英语诗人也受到了莎士比亚十四行诗的丰富滋养。这部分是因为这些诗历来在学校课程和整个英语文化中占有一席之地,人们能用它们服务于各种各样的新目的。例如,玛丽莲·哈克[1]在《爱情、死亡与季节变化》(1986)中讲述了一个年长者(此诗中为女性)对一个年轻女子长达一年的强烈爱恋。这是一首加长版十四行组诗,充斥着强烈的时间感。诗中的同性恋情境明显借鉴了莎士比亚十四行诗——特别是第73首——以"增添趣

---

[1] 玛丽莲·哈克(Marilyn Hacker, 1942—):美国诗人、翻译家、批评家。

味"。莎士比亚的第 73 首十四行诗被用作整部组诗的卷首语，而其末行则被用作她这部组诗中最后一首十四行诗的起点。此外，莎士比亚的第 2 首、第 97 首和第 98 首十四行诗均构成了这个爱情故事中至关重要的转折点。同样于 1986 年出版的《为金斯利·艾米斯[1]做热可可》中收录了温迪·科普[2]的组诗《斯特拉格内尔十四行诗》。科普的这组十四行诗属于英语戏仿诗的古老传统——书名中金斯利·艾米斯的名字让人可能有此期待。诗中的讲话人斯特拉格内尔是一位粗鲁而富有魅力的男性诗人；此人物形象具有一丝讽刺意味，令全诗读起来更轻松。这部组诗由七首十四行诗组成，每一首均选取了莎士比亚的某首十四行诗的第一行，对其进行了诙谐的改写，而后以之为基础创作而成（如"损神，耗精，实为奇耻大辱"[3]和"啊，我绝不对两只猪的结合"[4]等）。

十四行诗关注永恒这一为人们所熟悉的莎士比亚式主

---

[1] 金斯利·艾米斯（Kingsley Amis，1922—1995）：英国小说家、诗人。
[2] 温迪·科普（Wendy Cope，1945— ）：英国诗人。
[3] 原文为 The expense of spirits is a crying shame，是对莎士比亚第 129 首十四行诗的首行 Th'expense of spirit in a waste of shame 的戏仿。
[4] 原文为 Let me not to the marriage of true swine，是对莎士比亚第 116 首十四行诗的首行 Let me not to the marriage of true minds 的戏仿。

题,也关注其作为文化丰碑的地位。在珍·柏温[1]的《网》(2004)中,珍·柏温将这两种关注放在更为核心的位置上,对其进行了探讨。正如书上以小字呈现的简略标题[2]所示,《网》的作者-编辑对莎士比亚的60首十四行诗的内容进行了一系列擦除。这等于以可视化的方式坦白莎士比亚的影响带给她的焦虑。但是,如果莎士比亚的十四行诗可以被亵渎并切割为神秘记号般的线状碎片,那么诗中的词语——实际上是那些看似无关紧要的"虚词"——就可以被重新找到并重新利用,来作出一首全新的描写爱情的诗。艾丽斯·富尔顿[3]的那首《口服》就是这样创作出来的。这首诗收录在她新近出版的诗集《不写而成》(2015)中;艾丽斯·富尔顿对莎士比亚的第87首十四行诗进行了复杂而动人的加工和改造,创作了这首诗。卡萝尔·安·达菲[4]有一首用莎士比亚妻子的姓名命名的爱情诗《安妮·哈瑟维》,这首诗被许多选集收入。同样地,

---

1 珍·柏温(Jen Bervin, 1972—):美国诗人、视觉艺术家。
2 该作品的标题 Nets 是将 Sonnets 一词的前三个字母略去而产生的。作品中选取了莎士比亚的60首十四行诗,这些诗的某些字词用正常的黑色印刷,而其他内容则用不明显的灰色印刷,因此本书后文说,《网》的作者-编辑对莎士比亚的60首十四行诗的内容进行了一系列擦除。
3 艾丽斯·富尔顿(Alice Fulton, 1952—):美国诗人、作家。
4 卡萝尔·安·达菲(Carol Ann Duffy, 1955—):英国诗人、剧作家。

它敏锐地从一个出人意料的女权主义视角对莎士比亚十四行诗的形式与主题进行了重塑。2016年,有30位英国诗人进行了十四行诗创作,以纪念莎士比亚逝世400周年。科普和达菲均名列其中。我们不应认为,这些后世的作品仅仅是在向它们效仿的伟大原作致敬;许多作品在对其进行改写的同时也对其进行了敏锐的解读。但是,我们也难以想象,能有任何其他作者的任何一部诗集让后世的"千口万舌缕述你生平"(第81首)。

第六章

《情人的怨言》和《凤凰与斑鸠》

两首另类诗

最后一章将讨论两首诗,它们在很多方面是莎士比亚诗作中的异类,并因此而令人着迷。《情人的怨言》最初刊载于1609年出版的莎士比亚《十四行诗》的末尾。这种安排方式遵循了塞缪尔·丹尼尔的《迪莉娅》(1592)所建立的模式——以另一首独立的诗来结束十四行组诗。丹尼尔的《迪莉娅》是以蜚声四方的《罗莎蒙德的怨言》作结的。《凤凰与斑鸠》于1601年首次出版。它是一部不起眼的作品《爱的殉道者》的组成部分。这部作品如同其书名页一样,冗长而散漫,其主题是"用凤凰与斑鸠的永恒命运寓言般地预言爱情的真相";其作者是一名鲜为人知的诗人罗伯特·切斯特（Robert Chester）（图8）。该作品还收录了一些就该主题所作的"诗意小品"，前面的书名页上宣传它们是"由我们最优秀、最重要的现代作家"创作的。莎士比亚和那些与他同时代的名人（有时是对手）——本·琼森、乔治·查普曼和约翰·马斯顿[1]的名字署在了各自的诗作之后。

莎士比亚的这两首诗都引发了很多评论，但二者在他的作品中都称不上占有中心地位。尽管18世纪末埃德蒙·马隆欣然将其列入莎士比亚作品集，但《情人的怨言》经常被认为并不符合莎士比亚的风格，其作者身份一直是个问号。最近这首诗——在我看来是有些草率地——被排除在2007年皇家莎士比亚剧团版的《莎士比亚全集》之外。《凤凰与斑鸠》之所以显得另类则另有原因。虽然人们普遍认可它是莎士比亚的作品，但这首诗无论在内容上还是在文风上都不同于作者的任何其他作品。它至今仍是最令人费解的优美英语诗歌之一。

1　约翰·马斯顿（John Marston，约1576—1634）：英国剧作家、讽刺作家。

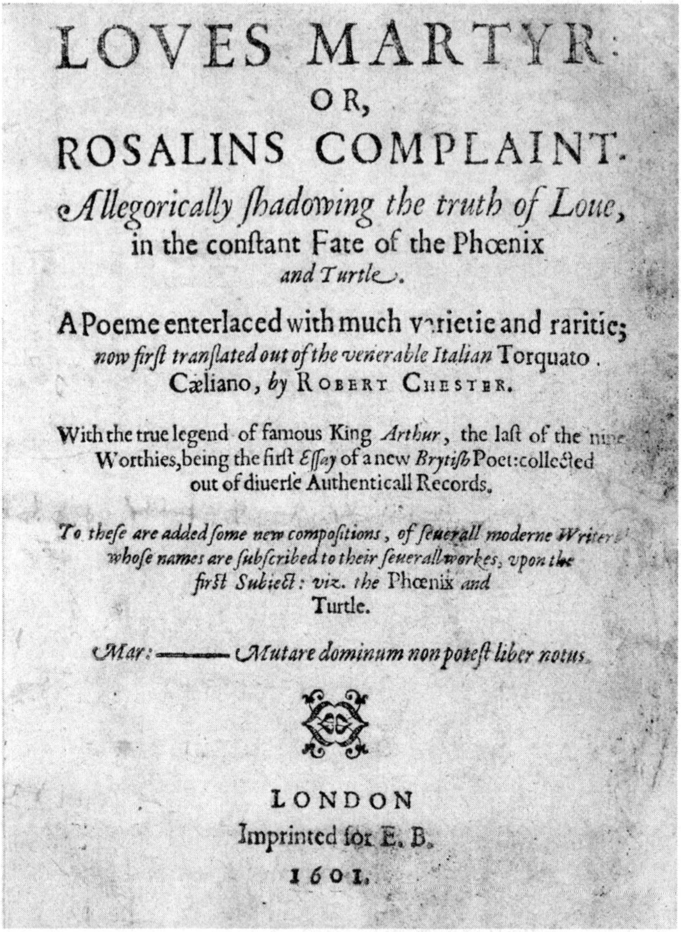

LOVES MARTYR:
OR,
ROSALINS COMPLAINT.
Allegorically ſhadowing the truth of Loue,
in the conſtant Fate of the Phœnix
and Turtle.

A Poeme enterlaced with much varietie and raritie;
now firſt tranſlated out of the venerable Italian Torquato
Cæliano, *by* ROBERT CHESTER.

With the true legend of famous King *Arthur*, the laſt of the nine
Worthies, being the firſt *Eſſay* of a new *Brytiſh* Poet: collected
out of diuerſe Authenticall Records.

To theſe are added ſome new compoſitions, of ſeuerall moderne Writers
whoſe names are ſubſcribed to their ſeuerall workes, vpon the
firſt Subiect: viz. the Phœnix *and*
Turtle.

Mar: ——— *Mutare dominum non poteſt liber notus.*

LONDON
Imprinted for E. B.
1601.

图 8. 罗伯特・切斯特,《爱的殉道者：或罗莎琳怨语》，1601 年版。书名页

这两首另类诗的相似之处还在于诗中的讲话人都具有神秘而冷漠的特点。《情人的怨言》的开头如下：

> 从远处一座山的岩洞声声传来
> 左近山谷发生的一个凄惨故事。
> 我屏息凝神,找寻那双音低徊,
> 我翻身躺下,倾听那忧伤心迹。
> 不久看到个姑娘,苍白地哭泣,
> 她浮躁善变,撕碎纸,断婚戒,
> 悲悔席卷她的世界,雨暴风烈。

在这几行中,一个身份不明的"我"回想起从一个心烦意乱的"姑娘"那里无意中听到的"凄惨故事"。这是《凤凰与斑鸠》的开头:

> 让叫声最亮的鸟儿落下,
> 在那孤零的阿拉伯树上,
> 传递噩耗,把小号奏响——
> 贞洁的鸟儿应声来听话。

在第一段诗文中,匿名的"我"是讲述者,这位讲述者"屏息凝神"聆听了一个悲伤的故事。讲述这一故事的是一个"苍白"的"浮躁善变"的"姑娘",她的名字也从未出现,她的话音只是作为远山的回声被"我"无意中听到,因此形成了"双音"。第二段诗文更为简短,但在措辞上却同样神秘。诗中用第三人称描述的这只鸟是谁?听从它讲话的"贞洁的鸟儿"又是谁,抑或是什么鸟?这两种鸟的名字都未被指明,尽管《凤凰与斑鸠》同《情人的怨言》一样,其文类一望便知。《情人的怨言》是描述一位年轻女子遭遇的田园挽歌。《凤凰与斑鸠》描写的是一对鸟儿的葬礼,直到第23行才明确这对鸟儿是凤凰和斑鸠(Turtle 指 turtledove [斑鸠],而不是指 tortoise [乌龟])。这两种鸟儿结合的这一构思本身是非比寻常、看似矛盾的,就像这首短诗中的许多其他元素一样。这对结为爱侣的鸟儿中,一只属于神话世界,另一只属于自然世界。凤凰先浴火自焚,而后又从自己的灰烬中重生。它是独一无二的。斑鸠也因其对伴侣忠贞不渝而素有美名。《凤凰与斑鸠》原来是首无题诗,诗中迟迟未指明这对鸟儿的名字,后来才指明它们是凤凰与斑鸠,因此,在1807年,有人为它加了一个标题。这首诗现在通常被称为"The Phoenix and the Turtle",或者被更简洁地称为

"The Phoenix and Turtle"。

《情人的怨言》

《情人的怨言》讲述了一位孤苦伶仃的姑娘的故事。她先是被一个文雅礼貌的情场老手诱骗失身,随后被他遗弃在某个乡村的山坡上。她就在这山坡上用一首300行多一点的君王体诗讲述了她的痛苦经历。田园式的背景和明显很古怪的(经常是古老的)措辞——第一个诗节中就已显而易见地使用了此类词语——都暗示,这首诗与《时间的废墟》(1591)中可见的那种斯宾塞式的"诉怨诗"传统有关联。这首诗中的一些不寻常的形象和文字似乎同样是借鉴而来,摘自斯宾塞1596年首次出版的结婚贺诗《婚前曲》。这个年份非常重要。它表明,《情人的怨言》并不像批评家一度为了解释诗中的异常现象所说的那样,是生手的习作,而是莎士比亚中年时期——甚至可能是更晚些年的作品。作为一首由男性作者创作的描写女性情感的诉怨诗,它与《鲁克丽丝受辱记》也比较相似,但二者的差异比其相似之处更能说明问题。这位"浮躁善变"的

"姑娘"出身并不高贵。她的故事并非英雄事迹,不属于一般意义上的声名显赫之人命定陨落的悲剧传统,而是来自奥维德《女杰书简》中对很多被抛弃的妇女的绝妙记述。奥维德的这部作品在莎士比亚生活的时代颇为流行。从传统意义上讲,她的故事也并非英雄事迹,因为她的所有行动都未引发自杀行为,也未造成任何较大的政治后果。尽管她试图毁坏那位负心男子为示爱而送给她的小物品——戒指、信件等(第43—50行),表现出了一定程度的行动力,但她并未坚决谴责那个勾引她的男人;更为奇怪的是,直到诗末,她的悔恨都仍不痛彻。此外,这首诗还有其他一些不寻常的特点。诗中的讲述者一开始是一个偷听者,几乎不在场——这与莎士比亚的其他叙事诗形成了鲜明对比——也没有在结尾返回来总结这位姑娘的故事。这位姑娘把她的故事讲给了一名仅仅被描述为"可敬的男子"(第57行)的不知名的听众。她讲述的内容里,有超过100行诗文是以那个勾引者的口吻讲述的。这部分内容是诗中最长的一段。她引用了他转述的其他女人对他求爱的反应。就此而言,这首诗是一种具有高度自反性的多种声音的模糊或混合态。事实上,可以说这首诗的题目既适用于抱怨女性抗拒自己的勾引者，也适用于诉怨的姑娘，她的"怨言"中包含着勾引者的怨言。

批评界的反应

最为欣赏《情人的怨言》的那些读者往往是因为看重其结构、主题或所表达的思想观念。诗中主要是从一个女子的视角讲了个故事，这个故事可被视为对前面的十四行诗的回顾与阐释，并反过来被它们所阐释。正如许多十四行组诗是写给女性的一样，这位姑娘就像诗中所述的那些在她之前被勾引的女人，是"精心构思的十四行诗"（第209行）和其他礼物的接受者。在传统的十四行诗中，女性通常都是沉默无言的，但相比之下，"诉怨诗"打破了此传统，赋予了女性发言权。例如，在这一模式下，她可以进行长长的"细节描绘"（第85—105行），并在描绘中批评他的动机，如下引诗节末尾的对句所示：

他的性格如同外貌，标致昳丽无匹敌，
他声音甜美如少女，谈吐自在任己意。

> 如若男人惹恼了他,悦耳芳音化急雨,
> 像那四五月春夏际,天气骤变难驾驭。
> 夏风虽任性不听劝,气息甘鲜馨如蜜。
> 他粗鲁莽撞性儿野,青春年少为所欲,
> 大言不惭举止堂皇,恣炫虚情与假意。

这位姑娘不仅详细地刻画了那个送她礼物的身份不明的人,而且还通过"双音"叙事手法描述了他送给其他女子的"献礼":有"色泽暗淡的珍珠、血样殷红的宝石"(第198行),还有其他珠宝以及"滚烫爱情的战利品"(第218行)。从其身份和外貌上讲,诗中的男子很像十四行诗中那个有点雌雄同体意味的"美少年"(第85—110行);而这位成了堕落女人的姑娘,让我们想起了"黑女郎"。但是,我们进一步转念思考,也可以说那男子在两人中是道德上"较黑恶"的那一个,因为他勾引了很多女人,其中还有个修女!而那女子则表现出了对自己这份爱情的忠贞,我们可以认为她是两人中较清白的那一个。

更微妙的是,研究莎士比亚的十四行诗和《情人的怨言》之间的结构关系,有助于解释十四行诗终了时的怪异之处——为整部诗集作结的那两首所谓"阿那克里翁式"十四行诗（第153首和第154首）。莎士比亚此举遵循了出现在塞缪尔·丹尼尔及同时代其他十四行诗作者的作品中的一个惯常做法，在诗集前面的十四行诗和最后这首《情人的怨言》之间打造了主题上的联系。具体而言，莎士比亚巧用了女神狄安娜那"流泉若沸"和"泉"的意象，凝练地暗喻了十四行诗和《情人的怨言》中都探讨了的爱情导致的种种疾病。

对于《情人的怨言》，一些最激烈的批评试图解决的问题是：诗中这位姑娘的情况完全不同于莎士比亚及其他作家的别的取材来源和写作传统中女子的情况，如何最好地理解这一点？一些读者认为，她作为一个先被追求后被抛弃的女人，其遭遇的困境让人想起《哈姆莱特》中奥菲利娅的处境；她受到的无情对待表明了阶级的差异，这是当时市井街头印行的歌谣中常见的主题。另外一些读者认为，如果说这位姑娘未能达到鲁克丽丝那么高的道德标准，那很可能是因为她的故事的真正来源是当时的"辩解性诉怨诗"传统，表达对女性受害者的同情是该类体裁作品的首要特征。还有一些读者认为，这位"浮躁善变"的姑娘在诗末并不肯完全承认她的愚蠢，这很容易令人感到，应根据早期近代英国社会对忏悔行为的态度转变来理解此诗。

如果进一步强调她的另类身份，解读她不愿悔悟的行为——她的追求者通过其他女人的话语来追求她，作为这样的一个女子，她不愿悔悟的行为显得更加执迷不悟——就会突显出这样一个事实：这首诗——以及当时那个时期——无可避免地迂回参与了对异于常人的性向话题的探索。（多恩那首描写同性之爱的诗《萨福致菲莱尼斯》长久以来一直被怀疑是托名之作，但最近无人再如此怀疑了。此诗可作为一份很有启发性的指南，与《情人的怨言》对比参看。）如果我们更激进一点，聚焦于性的主题，就有可能认为：本诗的真正焦点并不是一个女子的性欲，而是她对那名求爱者的极端怜悯；她甘心为他牺牲了自我，而且可以想象再次为他而牺牲。在这种解读方式——许多其他的解读方式也是如此——下，最引人注目的是全诗的最后一节。

啊！他眼里涌着感染人心的湿润；

> 啊！他脸上泛着虚火假热的红光；
> 啊！他心中矫揉生造的雷声腾滚；
> 啊！他双肺如海绵缩张哀声作响；
> 啊！他那抄来的举动都貌似自创，
> 会再次背叛他早已背叛过的姑娘，
> 让已回正途的她重变为迷途羔羊。

这一诗节运用了逐行奔泻而下的呼语，说出了她对那名年轻男子绵绵不绝的情意，也表明她很有可能再次吞下他的饵钩，重蹈被勾引的覆辙。借助这番怨言，她在终结自己激情的同时，也重新点燃了它。对比鲁克丽丝，或丹尼尔诗中痛心悔过的罗莎蒙德，莎士比亚笔下这位"浮躁善变"的"姑娘"绝对不是她们这样的人，这真令人讶然。

作者身份的问题

可是——让我提出作者身份这个困扰我们的问题吧——我们是否清楚明确地知道，《情人的怨言》中我们是在听谁向我们倾诉呢？对于此诗作者究竟是谁这个恼人的问题，读者分歧很大。我们已对这首诗的措辞，特别是其中的"罕见词汇",进行了具有高度技术性的甄别。从这个特定的角度来看,本诗的作者除了莎士比亚,似乎没有更好的人选了。《情人的怨言》中的"罕见词汇"在莎士比亚作品中出现的频率比在他的任何同时代人的作品中出现的频率都要高。但同样不可否认的是,这首诗中有不少诗行、短语、风格变异之处,它们看上去既怪异又笨拙,而这些看似怪异又笨拙之处在莎士比亚著作中的其他地方均未出现,或者即使出现,其数量也至少低于此诗中的数量;这些情况在形式与主题上同此诗关系最密切的那些莎士比亚作品——他的其他叙事诗——中也未出现。这些看似怪异又笨拙之处包括:单调无奇的诗行——"让哭的人笑,让笑的人哭"(第124—125行);陈词滥调——"滚烫的红晕""哭泣的泪水""浮夸的苍白"(第304—305行);过度使用带连字符的复合形容词——"深绿色的祖母绿宝石"(Deep-green em'rald)、"天蓝色的蓝宝石"(heaven-hued sapphire)、"辞藻华丽的妙语"(wit well-blazoned)(第213—217行),这些形容词都出现在了同一诗节中;一些诗节内部押韵笨拙,如 hovered(盘旋)与 lovered(爱恋);还有一些诗节的结尾音不是铿锵作响,而是嘤嘤呜咽——"因为他的容貌乃是缩微的美景 / 唯在天堂才能见到的无量形影"（For on his visage was in little drawn / What largeness thinks in paradise was sawn）（第90—91行）。

那么，有没有可能，我们在这首诗中听到的是别人的声音？有没有可能是某个模仿莎士比亚的人在模仿斯宾塞？或者，有没有可能是某个正在与莎士比亚合作的人？例如，大瘟疫肆虐时，莎士比亚在自己写叙事诗的同时，还偶尔与剧团里的其他演员合作写剧本。也就是说，有一个对他的作品非常熟悉的人，此人有能力"改写"他作品中的措辞，但达不到可与他相媲美的程度。此人在一开始可能想起了《鲁克丽丝受辱记》的开篇诗行（"塔昆急匆匆离开那重围下的阿尔代亚，/ 长着骗人翅膀的情欲驾驭了他的魂魄"），但并没有完全捕捉到其中的精髓："从远处一座山的岩洞声声传来 / 左近山谷发生的一个凄惨故事。"如果从"左近山谷"抛出一个人名：这个人可能叫，比如说，埃梅莉娅·拉尼尔吗？可能不是，但也可能不是赫里福德的约翰·戴维斯[1]。戴维斯颇为多产，近来被不少

---

[1] 赫里福德的约翰·戴维斯（John Davies of Hereford，约1565—1618）：英国诗人、写作大师。

人认为可能是《情人的怨言》的创作者。不过,这个关于作者身份的争论继续下去更好,好过将这首诗排除出莎士比亚真作书目而平息争论。

《凤凰与斑鸠》

《凤凰与斑鸠》似乎与《情人的怨言》截然不同:它韵律齐整,创作日期明确,字斟句酌;全诗只有67行,其主题是对贞节的颂扬,而不是讲男女勾引来勾引去的弯弯绕绕的故事。这首诗在结构上明显分为三个部分。前五个诗节讲的是凤凰和斑鸠的葬礼,描写了哀悼"这对亡鸟"的鸟儿如何聚集在一起。接下来的八个诗节是"赞美诗",这部分篇幅较长,歌颂了凤凰与斑鸠的非凡品质。全诗结尾的五个诗节是一篇简短的挽歌,或者说是悼文,进一步将凤凰与斑鸠的特有品质归纳为几个常见的抽象说法:"美丽、真实、稀世珍奇,/一切简朴之中透着雅致,/从此成灰烬,无处可觅。"(第53—55行) 这首诗将对忠贞爱情的赞颂同形式的严格、措辞的简洁近乎完美而匀称地融为一体。

评论界的谜题

那么,为什么这么短的一首诗会激起人们这么大的好奇心呢?这首诗的部分神秘之处是围绕其出版情况产生的。它为什么会单独出现在切斯特的诗集这样一个令人如此意想不到的地方?它是怎么进入其中的?有没有可能是印刷商理查德·菲尔德的缘故?菲尔德来自斯特拉特福,他早些时候出版过莎士比亚的叙事诗,知道添加一首莎士比亚的诗可能对切斯特的诗歌创作事业有帮助。还是说加入其他"现代"诗人的团体这件事激起了莎士比亚的兴趣呢?这种兴趣可能是出自竞争感,就像我们在其十四行诗中看到的那样,同时,也可能因为他的一些十四行诗新近失窃,被随意刊登于《热情的朝圣者》中了。还是由于威尔士权贵兼廷臣约翰·索尔兹伯里爵士[1]的某种关系呢?这位爵士就是《爱的殉道者》的题献对象,或许他支持了莎士比亚的剧场,因此这首诗出现在该诗集中也是出于剧场的原因?当我们想到这首诗出现得如此奇特,这类问题

---

[1] 约翰·索尔兹伯里爵士(Sir John Salusbury,1567—1612):伊丽莎白时代的威尔士政治家、诗人。

的解决就变得更加急迫了。莎士比亚的所有其他诗歌——包括其十四行诗——都不像这首这样看起来如此动机不明,也没有哪首对其爱情主题内容进行如此清楚准确的界定。然而,在这里,这位新近创作了《哈姆莱特》《特洛伊罗斯与克瑞西达》的作者,在其职业生涯的中期,竟突然写了一首关于"婚姻贞节"的诗。这是一种奇特的结局,但在那两出戏中展现了所有那些令人备受折磨的奸情之后,这也许是作者真诚希望的一个结局。作者一直在就那些主题创作戏剧;虽然他是莎士比亚,他也可能想暂时摆脱这种持续就同类主题进行创作的压抑环境,让自己休整一下。跟别人一起就某个不寻常的主题搞即兴创作这件事无疑给了他一个休整的机会。

就这首诗而言,语境问题必然会延及有关诗文内容的讨论。从19世纪末开始,切斯特的这本诗集引发了大量对莎士比亚这首诗寓意的解读,其中有些解读很可能是对的,另一些则不然。例如,满脑子纹章学意识的伊丽莎白时代的英国人会很容易认为他们长寿而独一无二的女王就是诗中的"凤凰"。在1601年,也有很多人被认为可能是诗中的"斑鸠"。"斑鸠"可能指代的人包括:埃塞克斯伯爵罗伯特·德弗罗[1]——他曾是伊丽莎白女王最宠爱的廷臣，但他鲁莽地搞了一次反叛，反叛失败后被处死；新近受封的约翰·索尔兹伯里爵士——皇家寝宫里那位人儿的侍从，他需要确保自己作为首选议员候选人的身份；一般英国人——他们为可能失去年迈的女王而焦虑不安。我们很难忽视本诗主题在1601年的读者心中可能引发的共鸣和震动，但后来的评论家——他们常常相互驳斥——提供的许多可能的人选也破坏了这种解读方法本身。那些对这首诗的历史复杂性最为警醒的批评家常常觉得，有必要以一种更灵活的、更少受时期限定的方式来阅读它，有必要关注其诗艺的具体性质，关注许多未具体言明的、无涉历史事件的东西。

在这方面，这首诗有重要的文学先例——如果不能说是取材来源的话——那就是古代和此前不久的其他写鸟的诗歌。马洛的《挽歌》（约1593）收入了他翻译的奥维德的《鹦鹉之死》。在马洛之前，约翰·斯凯尔顿[2]有一首写

---

[1] 罗伯特·德弗罗（Robert Devereux，约1567—1601）：英国军人和廷臣，即第二代埃塞克斯伯爵。
[2] 约翰·斯凯尔顿（John Skelton，约1460—1529）：英国诗人、讽刺家。

鸟的诗，用来悼念菲利普·斯帕罗（Phillip Sparrow）的亡故。乔叟也写过《百鸟会议》。有一种有时被称为"被斩首的"四音步诗的诗体，这种诗体每行有七个音节。莎士比亚曾在《无事生非》（第五幕第三场）、《辛白林》（第四幕第二场）等剧中使用过与这种诗体韵律类似的一种诗体，以表现哀歌或其他情景。他还在《爱的徒劳》末尾写了两支与鸟有关的歌，多半使用的是四音步诗的形式。锡德尼也在《爱星者和星星》的第八首歌中使用了类似的韵律，取得了极为显著的效果。这首歌为众多写手所效仿；有时候会有人说，莎士比亚的《凤凰与斑鸠》让人想起《爱星者和星星》第八首歌的乐调。但《凤凰与斑鸠》既非哀悼某个人或某只宠物的死亡，也非哀叹恋人关系的破裂。相反，它歌颂的是两只拥有非凡人类品质的鸟儿。事实上，它们对彼此的爱是如此非凡，令人望尘莫及。这不仅是因为这个世界上将永无可能再有第二对这样的爱侣，而且因为这两只鸟儿虽不同寻常地践行了婚姻贞节，却没有留下后代。这种未留下后代的情况加剧了人们在这首诗的解读上的意见分歧，他们无法断定诗中表达的意思到底是乐观的还是悲观的，是颂扬还是哀叹。

诗中的奥秘：爱情之中，数字已完败

然而，《凤凰与斑鸠》不仅仅是一首在语境和来源上神秘莫测的诗。它的神秘是作者有意为之的。它写的是爱情对理性的胜利；爱情战胜理性靠的不是酒神激情的升华，而是对理性逻辑思考能力的利用和破坏。第一到第五个诗节中，作者巧妙而简洁地将圣洁的鸟与不洁的鸟分离开来，这一划分贯串于这五个诗节所描述的哀悼仪式中，但在此之后让位于一首极富神学色彩的"赞美诗"。莎士比亚的其他作品中从未出现过这种神学话语。它令人回想起——或者说强烈预示着——16世纪90年代末出现的约翰·多恩的"玄学派"诗歌。多恩稍后所作的《封圣》一诗，也写了一对凤凰式的恋人，或许是受到了莎士比亚的《凤凰与斑鸠》的直接影响。因此，在有些批评家心目中，《凤凰与斑鸠》对多恩及其追随者的玄学派诗歌创作发挥了重要的作用。

莎士比亚的《凤凰与斑鸠》半旧半新，像是歌曲却又富含严格的经院哲学和悖论意味，有着无可争议的混合性。作为所用诗体最多变的就爱情进行创作的英语诗人，莎士比亚从未停止思考两个人如何结合为一与/或不结合为一。他的这种思考是贯串其十四行诗的重负。如果我们仅局限于本书所研讨的作品的话，可以说，这种思考也是驱使他创作叙事诗的动机。维纳斯想要和阿多尼斯结合为一，却完全未能做到这一点；塔昆毫不含糊地将自己强加给了鲁克丽丝；十四行诗的作者表现了各种各样的情景，从为了履行繁殖后代的义务而结合，到两颗心冲动的结合——这中间存在着多种可能性和各种态度。事实上，我们越是试图去列举各种可能性，它们就越是显得不胜枚举，就像爱情本身一样。

《凤凰与斑鸠》就利用了这种认识。莎士比亚描述了又一种爱情，但这种爱情聚焦于可令双方结合为一的绝对奥秘。"赞美诗"中的任何一节都可以被用作具体证据，关于这一真相的事实非常繁多：

> 他们相爱正如两人相爱，
> 有爱的实质却结合为一。
> 说是两个，却不分我你，
> 爱情之中，数字已完败。

两颗心虽远,却未分离;
距离和空间都于之无伤,
隔不开斑鸠和他的女王。
对他们而言距离是奇迹。

爱这样在他们中间闪光,
斑鸠于是看到他的自我
在凤凰面前如烈焰吐火;
双方成了彼此的地雷场。

这把特性吓得惊魂丧胆,
所谓自我竟然如此不同:
同样的性质,双重名称,
非二非一,它无从断言。

理性自觉得迷惑又惊愕:
原本是两者却能成一体。
他她相互赋形彼此倚立,
原本分设竟又无间化合。

> 它叫道:"这分明是两个,
> 看去又如影随形成一体。
> 爱情有理,理智却没理,
> 本来相分的怎能相融合。"

诗中被高度压缩的东西可能很精辟,特别是在诗中的语词突然变得抽象起来的时候;事实上,诗中在描述二者融合为一体但又并未消除二者的差异,而是尊重彼此的差别时,其用词变得非常数学化。此外,其词句简洁得几乎令人无法理解,"双方成了彼此的地雷场"(Either was the other's mine)这句便是一例,其中地雷(mine)与思想(mind)本身形成双关;自我被封闭到一个想法里面,这个想法甚至含有地雷那易爆炸的、军事的意味:地雷被爱情引爆,产生了令二者共同赴死的火焰,其情其景同凤凰的自焚一样独一无二。事实上,莎士比亚的语言十分紧凑,由此产生的一大主要效果是引发了几乎无穷无尽的意义评注,正如经院哲学经常引发的那样。

另一个效果是,悖论带来的压力引发了心智的专注,要体验上文所描述的爱情,这种心智的专注正合适。尽管心智如此专注于思考可能十分乏味,但诗中对"特性"感到困惑和"理性"突然脱口说出怀疑自我之言的描写却产生了某种绝妙的戏谑感。连接最后"挽歌"部分的那个过渡诗节也明显在夸大其词,将"凤凰与斑鸠"描述为"爱情的共同主宰和明星,/为他们的悲剧场面合唱"。当然,二者不是好莱坞的电影素材,但诗中对舞台的指涉让我们想到这首诗的作者是什么人,而且我们几乎以为这则广告会以粗体字结束。但是,在这首诗中完美地统摄全诗的是端庄得体的风度。相反地,"挽歌"部分则采取了收缩之势,所有诗节从四行减少为三行。借此方式,这首诗表明,它并不希求博得众人的掌声,而是只请求那些"真的或美的"来哀悼逝去的双鸟,为之"祈祷叹息"。这首诗神秘的开头之中隐含着它那咒语般的结尾。读者为之折服之后,加入了其他那些"贞洁的鸟儿",参加到了这个神秘的仪式之中:

美丽、真实、稀世珍奇,
一切简朴之中透着雅致,

从此成灰烬,无处可觅。

死亡已成为凤凰的鸾床,
斑鸠的忠贞在胸中深藏,
与她同在直到地老天荒。

他们没有留下任何后代,
即便他们双方毫无病态:
他们遵守的是婚姻贞节。

真理看似真理,实不然;
美丽夸耀吹嘘,实妄谈:
真理与美丽都在坟茔填。

所有鸟儿围绕这瓮边立,
真的或美的都在此聚齐,
为了这对逝者祈祷叹息。

名副其实的简短终曲

读者一旦听过、阅读过或朗诵过《凤凰与斑鸠》这首诗，便再也难以忘记它。它不是莎士比亚最后的作品，但有时人们就是这么看待它的。这一点可以理解。英国桂冠诗人特德·休斯以此诗为他选编的《莎士比亚诗文精选》（1971年首次出版；1991年推出修订版）作结。该选集的倒数第二篇是普洛斯彼罗那段著名的讲话，其开头第一句是："我们的狂欢现在结束了。"更令人难忘的是，华莱士·斯蒂文斯在谢世前不久，写了一首华美的、如神谕般隐晦的《论单纯的存在》。斯蒂文斯在该诗中回忆了《凤凰与斑鸠》那遥远的背景和意象。在莎士比亚这首晦涩而优美的诗中，有种决定性的东西：语言被推到了极限，直到戏剧性话语和抒情诗文相互交融——高声吟诵的赞美诗变成了轻吐的"叹息"。语言的语义值虽仍完整，但只是勉强算得上完整。在语义值完整这个门槛之外，以一声叹息为标志，唯余歌声飘荡，或曰似乎唯余歌声飘荡。这飘荡的歌声恰如《暴风雨》中爱丽儿所唱的"足足五寻的水深处"的嘹亮歌声，或如摘自《维洛那二绅士》、后被弗朗茨·舒伯特[1]谱成乐曲的《谁是西尔维娅》那轻快的韵律。但这个话题也超出了本书的讨论范围。在莎士比亚的作品中,歌曲的演唱属于戏剧——属于舞台,而不是书页。

---

[1] 弗朗茨·舒伯特(Franz Schubert,1797—1828):奥地利作曲家,现代德国抒情歌曲奠基人及代表人物。

英格兰大事年表

1552	埃德蒙·斯宾塞出生
1554	菲利普·锡德尼爵士出生
1558	伊丽莎白成为英格兰女王
1564	威廉·莎士比亚、克里斯托弗·马洛出生
1567	阿瑟·戈尔丁所译奥维德的《变形记》英译本出版
1572	约翰·多恩、本·琼森出生
1579—约1582	锡德尼创作《为诗一辩》和《爱星者和星星》
约1589	莎士比亚开始写作剧本
1590	斯宾塞的《仙后》第一至第三卷出版
1591	《爱星者和星星》出版

（续表）

1592	塞缪尔·丹尼尔的《迪莉娅》出版，其结尾处附有《罗莎蒙德的怨言》
1592—1594	大瘟疫流行，剧场关门歇业
1593	《维纳斯与阿多尼斯》出版；《希罗与利安德》创作完成；马洛被杀
1594	《鲁克丽丝受辱记》出版
1595	斯宾塞的《小爱神》出版
1598 或 1599	《热情的朝圣者》出版，其中收录了莎士比亚的一些十四行诗
1601	《凤凰与斑鸠》被收入罗伯特·切斯特的《爱的殉道者》出版
1603	伊丽莎白去世；苏格兰国王詹姆斯六世成为英格兰国王詹姆斯一世
1609	《莎士比亚十四行诗》出版，其结尾处附有《情人的怨言》
1616	莎士比亚去世；琼森的《琼森作品集》出版
1623	《莎士比亚全集》（即第一对开本）出版，仅包括其剧本

（续表）

1640	约翰·本森（John Benson）出版《威廉·莎士比亚诗集》
1790	埃德蒙·马隆编纂的《威廉·莎士比亚的戏剧与诗歌》出版

百科通识文库书目

历史系列：

美国简史	探秘古埃及
古代战争简史	罗马帝国简史
揭秘北欧海盗	

日不落帝国兴衰史——盎克鲁-撒克逊时期
日不落帝国兴衰史——中世纪英国
日不落帝国兴衰史——18世纪英国
日不落帝国兴衰史——19世纪英国
日不落帝国兴衰史——20世纪英国

艺术文化系列：

建筑与文化	走近艺术史
走近当代艺术	走近现代艺术
走近世界音乐	神话密钥
埃及神话	文艺复兴简史
文艺复兴时期的艺术	解码畅销小说

自然科学与心理学系列：

破解意识之谜	认识宇宙学
密码术的奥秘	达尔文与进化论
恐龙探秘	梦的新解
情感密码	弗洛伊德与精神分析
全球灾变与世界末日	时间简史
简析荣格	浅论精神病学
人类进化简史	走出黑暗——人类史前史探秘

政治、哲学与宗教系列：

动物权利	《圣经》纵览
释迦牟尼：从王子到佛陀	解读欧陆哲学
死海古卷概说	欧盟概览
存在主义简论	女权主义简史
《旧约》入门	《新约》入门
解读柏拉图	解读后现代主义
读懂莎士比亚	解读苏格拉底
世界贸易组织概览	